與騎鯨少年相遇

——陳克華的「詩想」

陳克華　著

推薦序

詩的開放空間／李進文

陳克華認為：「真正一首好詩，是因為你覺得它說得『對』。臟腑覺得對。靈魂覺得對。」我想，詩無論如何都是個人獨一無二而美好的偏見，寫詩和讀詩都是一種「有訓練的直覺」，直覺寫對了，比寫好了重要。

詩不只是一瞬之光、不只是言志、也不只是一種勞苦的技藝。詩可以是生活態度，也可以是哲學、玄學、醫學、物理和化學，詩可以把不可能的東西開發出來，甚至「想和外星人說說話，那語言就只能是詩。」陳克華賦予詩的詮釋和想像空間絕對巨大，其美學概念又絕對細緻。

他的《詩想》本身又可視為詩句，或詩句的延伸，一種詩之外更自由的文體。可貴的是，《詩想》更是陳克華身為詩人經驗的總集，微言大義，隨意翻閱即有靈犀躍動、意在言外的想像。

我們可以從這部《詩想》去了解，詩在每一個詩人心中如何團聚與化散，又如何捨與不捨，他的文字時有悲憫與洞見。他不是要形成一套理論，他說：「關於詩，忍不住要借用克里希那穆提的一句話：『我沒有任何理論，我為什麼要有理論？』」他只是在進行一場漫長的提問，像信仰追索的不是答案。他對詩提問，亦正是對自己提問，從各種角度和時空提問，最終詩人自己和讀者各取所需地得到理解和澄清。是的，「問」是一門重大學問，比解答要來得煞費苦心。

在《詩想》中，也可以讀到陳克華的個人經驗，以及故事，或種種引經據典的譬喻。這種隨筆式的自由文字，寫幾則容易，因為人人有自己的詩觀（詩想）。但要寫到接近二百則，就有很多值得深思玩味的，譬如，詩的概念假若一以貫之，那麼讀來就會單調，所以不能以「詩觀」視之，個人詩觀必須是短的，最好一句話把真理說盡。他採取的是，從各個角度切入，透過很多對照、頡頏，讓讀者一起撞擊出更多不一樣的「詩想」。所以《詩想》是一部自體再生的有機體。

以陳克華三、四十年來詩、小說和散文兼具的創作質量，跨類型藝術創作（繪畫、歌詞），醫生的科學背景，或同志身分，他所涉獵、所經驗的人生和藝術足夠「雜」才能寫出《詩想》，其《詩想》不是學院的一家言，是一個開放空間，讓詩的美學更加奇趣和豐饒。

目次

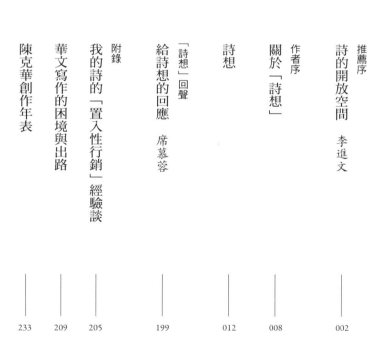

作者序

關於「詩想」／陳克華

「詩想」一路寫了幾年，我想談的，表面上也許是詩，但其實是人。人的品質。

寫詩的人，應否具備某種程度上的「詩的美德」——既然詩人在許多時候並不抗拒享有社會名聲、地位，甚至金錢，和來自大眾的榮寵？

但何謂詩？何謂詩人？又何來詩的「美德」？

梁實秋引西哲的話說歷史裡的詩人看似神聖，但住在隔壁的詩人往往只是個笑話。這個「笑」裡，除了可能的有趣、怪誕，可還藏有幾分輕蔑和不屑？

大詩人李白詩風高曠不拘，但一連娶的幾個老婆皆是宰相之女，其魚躍仕進之野心昭然若揭。而屈原「憂國憂民」的詩篇讀來，口吻更像是楚王的棄婦。

西方印象派始祖藍波一生短短，廿歲後即停筆，之後極有可能幹的是走私軍火和販賣人口的勾當。而大詩人龐德竟有數十年住在精神病院裡「裝病」避罪。顯然繆斯女神在選擇她人間的代言人時，有其不為人知的標準。

莎士比亞說唯詩人與瘋子不屬於這紅塵俗世。但我們看到的當代詩人，卻有不少比例是比販漿引車之流的市井小民更加「俗世」的。

既然詩無法被清楚定義，詩人也各式各樣，詩的「美德」自然也無從具體，但總私心寄盼「詩人」起碼在「詩」的狀態時，一切是美好的。

我真的真的這麼希望。

即使只是在詩完成的那一剎那的美好。

在「人人可寫」現代詩的今天，詩創作與欣賞的那把尺似乎越來越難以掌握——文章果然是千古事？而得失真的「寸心知」？

詩想完了，這些也都應該與我無關了。

1

詩使詩人如回聲一般地存在了。
詩人發出回聲。
詩人回聲一般被聽見。
人們回聲一般閱讀詩。
人們閱讀回聲一般的詩人。
回聲一般不了解、誤解著詩人。
最後，忘記了詩人。

2

毫無規章、定律，毫無可預期性地，生產。

詩的生產線是荒廢已久的鏽跡斑斑的晦暗工廠。

一旦啟動卻又電壓陡升至任何金屬皆無法承受的地步，所有零件被震動至碎裂的邊緣，所有機械表面蒸騰著足以熔化空氣的高熱。

然後，在詩的完成一瞬回復正常，一切彷彿什麼也沒發生。

3

然後嚴重失憶。憶不起上一首詩的一絲來龍去脈。詩是一塊無由來自深藍海水浮現，被吊起的冰山，無法得知碎裂自哪一道昨夜崩塌的冰川。

4

但每一個嬰兒的眼中都曾經漂浮著這樣一塊冰山。靛藍透明，完美的皚皚，透照人間的一切，卻又與言語文字尚未結緣。

5

詩在言語文字的縫隙之間發生，寄生於聲音，韻律與辭彙，躲過理智崗哨的梭行與攻擊，苟且偷生，賴活——弔詭的是，詩的完成卻又是文字語言本身的顛覆與反動。

6

詩如沙漠上空的無情烈陽，照耀在巴別塔傾倒的廢墟屍體上。

7

只有少數人，極少數特殊的靈魂，有能力抵抗時間在人類眼前罩上一層既矇的霧，並掠奪嬰兒初睜的目光，因此擁有了那冰山一般的凝視眼神。詩是觀看澈照的神。

8

但詩，寫下來的詩，永遠只是屍體，呼吸已離開了他；只是地圖，標示著烏托邦或永遠到達不了的浮世異鄉；永遠只是夢境最可信的藍圖之一。

真正的詩存在被完成的那一瞬，現實邊緣不確定的模糊空氣開始流動，卻萬般不動的地方，像魂魄投射在牆上的陰影，像極光拂過極地的天空，像一隻安靜的笛，被想像的意象充滿。

9

詩同時是光，和被光照耀所揭示的事物。

10

寫詩是市井生活者突然被路過神明降臨的冥想，出神或附身狀態。

11

如果地獄的地板是由一塊一塊善意的地磚所拼成，那詩便是暴露狂的祕密小室，收藏著不為人知的驚世遊戲。

12

讀詩的樂趣，有一大部分來自誤讀。誤讀本身有一種俗世的親切況味。

13

不曾長夜慟哭者，不足以語人生。但大數長夜慟哭者卻只能慟哭，無法如夜鶯吟唱衷腸。當詩神的腳步走過那些哭累了、垂頭睡著的人，在俱寂的黎明。淚水乾涸之後忘了拭去，閃在頰上被世人看見的微光，便是詩神得意留下的筆觸。

14

不知什麼在心臟的位置碎裂了。詩頁從手指間滑落，在眼瞳中消失，自記憶中退位，在反覆吟詠中死去。

詩必須在死者身上也死過一次，方得永生。不經歷這一死，不曾為「詩之道」殉死過至少一次，便只能永遠死在身體裡，與萬物同朽。

15

龜殼被文火燻出的細密裂縫。

16

平行宇宙之間的互相呼喊。互相遙遙聽見，看見，像心電感應。

17

原始人操著簡單的舟槳遠渡重洋，用臂部感知洋流的方向，以耳朵聆聽星光，以皮膚呼吸海風。這便是詩最真實的源頭。

18

詩，被寫下來的異教神諭，被刻在功敗垂成的巴別塔頂層，可以看見最遠最遠的地平線，少量的炊煙與篝火點綴，那是人類居住行走，思想的邊境與極限。

19

如蟻行間相互留下的氣味，蜂的旋轉舞蹈……但不指向食物。

20

發生於靈魂的性高潮。

21

讀者沿高潮退卻後的沙灘行過，發現了許多碎散的貝殼與海草，魚屍與水母，便以為那就是詩。

22

詩如茶壺傾倒。詩人因此傾斜……待角度足夠了，詩才溢出。詩人因此飽受傾斜之苦，但恢復平衡後，卻根本無法走路。

23

鏡鏡相照。詩在鏡子與鏡子之間以光速移動。

24

舞台上曾奔過一匹白馬。許多台下觀眾都看見了，除了碧娜・鮑許她本人。詩源自創造，但更多詩源自創意的失控與不經意，或漫不經心。

25

但其實是死亡。只是一般人誤以為是生。詩只能談論死亡。

26

一株只結蔭，不結果的樹。

27

只能門開一縫，看見月亮的背面。

28

晝月出現的時刻。你原以為晝月無時不刻掛在天空，只是無法被氣象報告預測，只能被不經意抬頭看見。詩，是晝月出現的意志。

29

但詩在被孵化前，詩人必須離開。像一隻睿智的禽。他必須讓詩自己啄破禁錮自身的殼，充分暴露在未知的凶險之中。

30

撥手機給自己。卻顯示來電的號碼未知。

31

要學會游泳，要先愛上水。要寫詩，要先愛上生活，愛上生命……那，（你要問），先於愛的發生是什麼？

32

合上詩集之後，你自覺彷彿多了一種看見。但又什麼也沒有看見。

33

詩是一種對體驗真理的Déjà vu，令人駭異，訝然，又悵然。因為對所有創意與發現之源的一種似曾相識感。

34

以大力氣贏得自己在殘忍世間的生存證，卻又隨手拋掉了它。詩是那隨手一拋的姿勢。

無人的刑房。如今清潔乾淨聽不見任何哀嚎，見不到任何血跡，像供告解沉思的密室。一絲肉體被無盡折磨，精神被緊密勦殺的氣味飄過，那令人不安的死亡空氣底層，又透露出莫名轉折的意趣與生機，就是所謂靈感。

35

36

「我」是詩人。但「我」正也是寫詩最大的障礙。

37

你來，坐下來，微笑，說了一些我從也記不住的話。
這便是我期盼多時的一刻。
詩發生的一刻。

38

關於詩，忍不住要借用克里希那穆提的一句話：「我沒有任何理論。我為什麼要有理論？」

39

折射過一千面鏡子的光，方才呈現光的一千個本質。我立在第一千零一面鏡子前，藉著幽微的光線看見了自己的容顏，以為看見了詩。

40

詩一如戀人，在還不完全了解他之前最美，如芷蘋沙洲上的一瞥驚鴻。之後戀愛的過程有如讀詩，一連串的誤解引導了一切。

41

不知為什麼，太有「動機」的詩讀來總覺略有遺憾。才明白佛陀開示弟子之前總要令其心「調柔」的道理了。

42

一如所有其他形式的藝術，寫詩是殘酷的事業。好詩與壞詩的差別猶如葡萄酒與葡萄汁，是不能擺在同一個店裡賣的。

43

面對晴朗無垠的夜空，凝望無數光年外的星星多時，突然天外飛來一念，想和外星人說說話。而那語言就只能是詩。

44

所有趨近於極致的事物，都不免泛著詩意的光。而這光又泛照一切普羅，一切日常。

45

仔細讀讀幾首好詩，發現其中真正好的部分，往往是一種偽裝了的「悖論」（paradox）。相對於邏輯理則，詩自有其彰顯或親近真理的方式……。悖論，簡易來說，就是「似非而是」，而詩既不非也不是，恰好就是中間那個「而」，而已。

46

狼人變身出現的時刻，詩正好也召喚著月暈，以及所有只能在月暈裡生存的眾生。

47

練氣脈的詩人或許特別有感覺，詩的神祇原居住在喉輪。唯有當一個人的氣能由脊椎底部海底輪，太陽神經叢輪，心輪，一路上升至喉輪，方能如吃了善惡之樹的果實的亞當那般，「點萬物之名」了。這上升的過程，可稱之：「風格的成形」。

48

詩可以有多大（或說可以有多小）？以數字來做比方，無限大的數字如果是神，那無限小的則是個人的魂魄。神的境界裡沒有詩，魂魄卻又不及詩，在這兩者之間的「人」的上下游移，應該都可以是詩。

49

建築是詩？有沒有搞錯？馬丁・海德格（Martin Heidegger）說的，藝術就是讓世界萬物顯露他原有的樣子，清清楚楚，「如其所是」。然而他又在「人，詩意的居住」裡說，任何人的居住都是詩意的，都是整個世界完整地在自己身邊的敞露，所以透過建築，任何居住都是關於「自己的世界」的一首詩。

50

許多人喜歡以「文字的鍊金術」來形容詩創作，但其實並不真的了解何謂鍊金術。簡而言之，鍊金術是「物質」的解脫者，讓物質昇華至「更高精神層次」的魔術兼科學。在鍊金的世界，鈣是「懷著崇高的情操」與鹽酸結合，而氧分子激情與木質纖維「纏綿交媾」的過程，科學（化學）只能冰冷地描述為：燃燒。詩人將文字符號由「物」的層次提升至近性靈的宗教境地，人從何處來，要往何處去，世界的存在與意義為何，也都在文字鍊金過程的層層密碼裡，鍊出了滾燙的答案。

51

布烈松（Henri Cartier-Bresson, 1908-2004）說過一句有趣的話：「並不是我在拍照，而是照片在拍我。」

他引了鈴木大拙的「射藝之禪」的比喻：射手與箭靶並非相對立的兩件事，而是同一個現實。一如攝影師之於他的「被攝物」。

一如詩人之於他的詩，他的詩境。

52

《道德經》說：「天下皆知美之為美，斯惡已；皆知善之為善，斯不善已。」詩本身宿命性的歧義性，正好免於老子的「惡」與「不善」。

詩究竟應更傾向於「文字」，抑或「生活」？每當受夠了「好學生作文簿」式的台灣現代詩，或是充斥於文學獎的刻意高蹈其意的「得獎腔」，便不覺傾向「生活」多一點。

53

54

傾向於由「文字」出發的詩，寫壞了叫「玩弄文字」；傾向於由「生活」出發的詩，寫壞了叫「耍嘴皮子」。兩者誰的罪過較深重些？

55

所謂詩的「文字技巧」，無非是如實彰顯文字語言本身先天具有的幽靈般的特質，可簡稱之「神性」。神既不在形內，亦不在形外，亦非形內形外俱在，亦非都不在。既然數算譬喻皆不及，勉力為之，只有梵谷的畫最貼近。梵谷想在畫布上用油彩「傳達出陽光」，然而油彩並非陽光，只有不斷「堆砌」黃色顏料以趨近……那意圖，便是他的「詩的技巧」。

56

一個「人」與「詩人」是如何過渡銜接的？這之間理應毫無脈絡線索可循。如那句聰明話說的：「人在詩裡意外地與自我相遇。」那自我懷疑和似曾相識交擊的電光石火，就是靈感的火花。

心理學家與微觀物理學家終於有了交集：我們（人類）在表達我們的感知之前，感知的「內容」已被「有序」化了，即所謂的「言語道斷」。類似微觀物理的「測不準原理」所指陳。而詩，便是這「有序化」的一種反動。

57

58

靜靜用心，詩在生活裡可以無處不在。前些日子過春節，自出租店借片子回來看，影片裡那人說：「This one did well.」（這傢伙不錯）下方字幕卻譯成：這個人風生水起。不敢相信自己的眼睛，又倒回去確認一次。好極，風生水起，不但切合劇情，還意在言外，真是生活之詩。

59

真有所謂「詩的意志」這件事嗎？在佛經裡讀到一段故事：從前有一座美麗的花園，由一群聰明的猿猴掌管著，當旱季來臨，為節省用水，猴子們便把花一株一株自土裡拔出來，丈量根有多深，然後根據根的深度斟酌澆水。這類似「揠苗助長」的意志，果然只能造成災難性的後果。

詩只能是一名流浪漢途經花園時，朝園子裡的無心一瞥。

60

詩使人「安身立命」嗎？在香港國際詩歌節聽到另類說法：詩有如異鄉，是詩使每個讀詩的人都成了異鄉人。

61

《聖經》裡有個故事提到人類由於傲慢，欲築可通天的巴別之塔，上帝因此降下懲罰，將人類的語言變為個個不同，在無法溝通的狀況下，通天之塔只有瓦解傾倒，人類卻因此困居語言的孤島。相反地，艾略特曾說：一首誠摯的詩在被「了解」前，已經在「溝通」了。（"Genuine poetry can communicate before it is understood."）在此意涵下，詩反而成了語言孤島之間唯一可能的橋樑，拉近每顆心靈星球的距離。

62

寫詩是對所有文體文類的「離家出走」。包括詩本身。

而一個詩人好與不好，就看他「腹地廣不廣闊」，讓他能離家出走多遠，多久。

63

詩人與其說在扮演救贖的神，無寧說是魔鬼的代言人更貼切一些。哲學家海懷格說：「沒有全部的真理；所有真理都只是一半。想把他們當作全部的真理，就是在扮演魔鬼。」

64

所有的真理都只是一半的真理。詩正好補足了另一半。

65

不確定普魯東有沒有說過這句話：正因為我們擁有藝術，所以不致被真理毀滅。對於這句話的朦朧尋思與懷疑，可以是詩。對於確不確定普魯東說過這句話，只能導向真理。

詩人沒有驕傲的理由。「以有限的語言表達宇宙的無限」並非是件值得自豪的使命或工作。詩人的工作只有「嘗試」，永遠在「嘗試」，而沒有「完成」。既然不曾完成過什麼，何來「驕傲」與「自豪」。

67

但詩人對這世界的確該懷有歉疚。是對「不可說明的深刻性產生直接的洞察」，並訴諸語言。語言這神奇的汙物像泥中能生蓮，詩人擁有這汙物，伸手指向汙物中央的蓮……但蓮實際並不存在。人類因此明白了何為「並不存在」。

那是為何詩人對這世界該懷有歉疚的最主要理由。

68

寫詩是一種「離家出走」，一種重獲「異鄉人」身分的努力。而魯米（Rumi）早說過了，所有的詩都在尋找回家的路。

69

雷電閃過天空，從窗外照進幾道冷峻的機械性的白光。我心中默數：一，二，三，四……，直到隆隆雷聲擊打我的耳膜。數得數字越多，代表這道閃電距離我越遠。

一，二，三，四，五，六……，有一回我就一直數下去了，而雷聲始終不曾傳來。

但我確信雷聲必將到達。

那聽見雷聲的一瞬，便是詩的發生——雖然我只是繼續數下去了。

70

雨過溪水暴漲。濁混的水流漫過久旱的河床，像條灰色的小蛇，以他潮溼柔軟的腹部在粗礫的灘石間探著路，東彎西拐……那樣的氾濫，彷彿充滿行路的痛楚。我看見詩的小蛇，同樣艱難地在文字的荒灘上，意象的礫石間，以胸腹痛苦地前行，探向未知的新路。

71

席慕蓉說得好：「詩，是與生命的狹路相逢。」看得真切卻似真又假。像看見自己的背影，不見首面，不能確定，追上去，拍他的肩膀，對方堅持不回頭，俯首馳走。

是這樣子的重逢。

72

關於詩，有兩個動詞。其一，自天而降，詩被「摜」入了人間，重獲文字肉身。

其二，自大腦細胞各腺體分泌，如生理現象自筆端「湧」出。

73

人在迴光返照的臨終時刻，向天堂繳出了他的一生檔案。詩，便是當檔案被打開時，從檔案夾裡跌出的一朵花。

74

關於詩的最大夢魘。讀者對詩人說：「因為讀了您的詩，我也開始寫詩了……」

75

為賦新詞強說愁者和欲語還休者之間，有一條隱形的鋼索。詩人險險走在鋼索上，恰好說明「寫詩」這狀態之驚險。

76

人死為鬼，鬼死為聻。聻死呢？為另一個困難艱澀的單字。而這個字又可以再死一次。這無止境的想像與創作的過程，就有點像詩。

莊子曾經說過一則關於影子與影子的影子（罔兩）的故事。罔兩厭倦了隨影子起舞，責問影子，影子對此也無可奈何，因為影子也只能隨「所待」（形）起舞。而形體也不能自己作主，所以「形與影競走」，層層「莫可奈何」之後，最終在作主的，莊子稱之「真君」。真君如一個人的真心，性命，自性，或靈魂。而詩，便是罔兩與真君遭遇時的可能對話罷。

78

詩為什麼發表？常自問。萬物為什麼溝通？太陽願不願意有個月亮被照耀，並反射著他的光？

79

還未被發表的詩，像話藏唇邊，連他自己也不知道他是未完成的。雖然，話一旦被說出，總和心中原意不符，失真，扭曲。詩宿命的兩難。每次看著報紙上自己的詩，都彷彿第一次讀到。

80

詩人「應該是」所有宗教的異教徒。包括這「應該是」。

81

詩的本質是「似非而是」的，而寫詩有如在一個paradox裡，創造另一個paradox。

奧菲歐是西方文明裡第一位詩人，他擅長以七弦琴伴奏。只要他開口，不管是人、動物，甚至石頭、樹木，都陶醉於其歌聲中。奧菲歐的才華讓森林女神尤麗蒂茜著迷不已，兩人相戀。然而婚禮當天，尤麗蒂茜遭一群男子調戲，她驚慌逃跑之中，卻不幸遭蛇咬而喪命。奧菲歐以他的詩歌感動了冥王，卻在返回陽間的途中因為回頭而失去了尤麗蒂茜，懊悔的奧菲歐發誓從此只愛男人，不再與女人相戀。狂歡中的酒神女祭司們聞言，一怒之下，將奧菲歐撕裂成片，並砍下他的頭顱。奧菲歐的頭顱在大海中漂浮著，而且還繼續歌唱，直漂到愛琴海中的列司保斯島。

這個西方家喻戶曉的神話故事有著許多關於詩的暗喻和真相，譬如：詩歌能不能超越死亡？畢竟奧菲歐的「起死回生」之舉功虧一簣。而「從此只愛男人」又是怎麼回事？莫非，詩人精神上都是雌雄同體的?!

83

詩人原是「執拗」地寫著詩的，堅持詩才是人類該有的語言。讀者讀不懂？沒關係，詩本來就不是被「懂」得的。但體貼一些的詩人會為讀者找出他們心裡隱藏的那位詩人，讓詩成為他們彼此私密流通的語言。

看過兩個同卵孿生子如何以眼神或表情說著只有他們自己才懂的話？詩的「懂」原是這樣子的懂。

84

語言原都處於漂泊的狀態。
散文漂泊於日常的街頭巷弄，小說漂泊於現實的劇場迷宮，詩則漂泊於夢土，海市蜃樓……但距離真正的歸鄉的道路，更近。

85

怎麼說他呢？好詩與壞詩。有太多人談論過。忍不住再有一比：好詩是蛋糕剛出爐時四溢飄散的香味，壞詩是蛋糕久放後擁擠、僵硬的油脂。

偶然讀到大陸詩人嚴力是這樣解讀詩的：「現實是最大的理髮店／每次理髮時／為修飾外貌而被剪掉的那一部分／名叫詩歌。」

86

我想起每次理完髮，腳踩在散落地板的亂髮上，便有一種身為詩人而偽裝為生活者，而又不被發覺的神奇興味。

87

詩人嚴力又說：「詩歌的日曆裡有星期八。」那一天人類可以「躺在時間之外感受多餘」。

是的，詩是多餘的，你看螞蟻、蜜蜂的生活，沒有一秒鐘是多餘的。

88

詩人是混入生活的特務，總是處處疑心，留心，滿腹城府，曲折地想刺探出人類生存的經驗裡掩藏著的機密，有關天國或地獄的情報。

89

寫詩的時候心中存不存在著讀者？曾經自問，自答是：沒有。但一直不是那麼篤定，直到最近，才驚覺正確答案是：有。

詩原是寫給自己看的。為的是一層層剝開自我意識的洋蔥，每剝開一層，便有詩顯現，寫下來，完成它，為的是好繼續剝下一層。

那詩為什麼發表？為的是讓詩回到他來自的地方……他者。詩原是自我的顯現，但途徑卻只能透過「他」者。詩的發表，是讓詩回到原來生養他的地方，類似文字的放生。

而這放生的功德，便是下一首詩成形的緣起。

90

優秀的詩人寫優秀的詩，這其中有絕對的命運性。小說、散文，所有其他文類原也類似，只是不若詩如此彰顯，如此立判，如此殘酷。

91

在佛書上讀到一個譬喻叫「臑有疕」。翻查了一下，臑指的是人體手臂近腋下之處，引伸有脆弱、要害之意，疕則指的是類似風溼的病。在要害之處生了病。我對著這三個字尋思良久，直覺地以為這就在說詩。詩與詩人之間的關係，除了牡蠣與珍珠，終於找到了一個人類身上的恰當說法。

92

有回在聽佛學講課的時候，上師說及時間的概念，並感慨地說：為什麼說到「永遠」這兩個字，所有的人不必教都懂得？

似乎人類的潛意識裡都藏有企及永恆的衝動，然而又明白生命短促，世事無常，除了不斷從事生產蓄積，便只有繁衍後代，以與永恆拔河。

而最好的詩便也從這企及永恆的衝動出發，卻又返身自照，看見這衝動本身的徒然徒勞，無明幽暗。

93

海明威說：要在最有提筆衝動時停筆。這對詩人而言似乎是嚴苛的修行。好比一個美食者去參加斷食課程，為的是可以在白水裡嚐出滋味？創作衝動或許值得把握，但隨著寫詩「資歷」漸深，似乎更能體會詩的「自發」（spontaneousness）的可貴與美妙。如果一個詩人可以寫詩寫到「可寫可不寫」的境地，那該是怎樣一種詩的「三摩地」呢？

站在所有與詩有關的課堂講台上，我總有一股逃離的衝動。
或者我決意留下來，把自己狠狠剝開來，展示一些詩的可能誕生機制，但其實是沒有的，就好像拆開一架烤麵包機，你不會發現烤麵包機的靈魂，或「烤麵包機之神」，當然更不會發現一塊烤好的麵包。
我來到詩的講堂，只是勇氣而已，而勇氣與詩無關，有更大部分原因是怕別人把這堂課教壞了。教得比我更壞。
絕望中隱約知道，詩，只能誕生於詩，又回到詩。
丟下詩集，走出教室，有一天，或許我們會在詩的國度重逢。我如是宣布下課。

95

詩是在散文消失終止之處發生的。有人這樣說。所有散文止步之處，夏蟲嗅到冰塊的氣味，沙漠夢著海洋，然而詩並不必然發生。詩和散文做連結本身就是件愚蠢的事。葡萄汁和葡萄酒也不應擺在同一個架上。

兩者起碼都少不了文字罷……。有人會說。

但散文之於文字有些高攀；詩之於文字則有點屈就。

96

維根斯坦說：凡是語言不逮之處，吾人必須保持沉默。
而詩正是那沉默之聲。而詩人在打破沉默之前，必須先諳沉默，先深深眺望，凝視那廣大深邃的「語言不逮」的區域，練習以人間的聲帶和樂器，發出詩的牙牙兒語……

97

他像推銷員似地仔細為我分析濾水壺如何使用。上層加水，下層接水，一個人一天用量大約只需加水兩次。濾芯不宜乾掉，壺底最好隨時都存水，蓋過濾芯。

隔天「水已經死了」，宜倒掉從上層再添水。

才置一夜，壺水就是死了？我驚異。

他是怎麼知道的？水死了嚐得出來還是看得出來？

我突然想起詩。人是那濾芯，詩是文字鍵結成的水；一首詩得常常經過人心的過濾，否則便就是死的文字。

佛經上說：一念三千。而詩本身就是一種思想的速度，超過光速，切過一念又一念，在切割處的當下輻射無限，三千大千。讀詩「讀不懂」，要嘛詩寫壞了，根本進不去，要嘛是讀詩的心念，根本追不上詩本身的速度。

我讀詩時不能多不能快，還經常得停下來，讓腦袋重整一下，像跑累了，得歇一下調整呼吸。

能和詩的速度同步，便是一種長進，一種祝福。

99

總有人面色凝肅地問我：你修改你從前的作品嗎？彷彿這是件錯事，或見不得人，或兩者皆是。

我總回答：是啊，為什麼不。

想起佛經裡的調琴喻。心弦太鬆或太緊皆不利修行，一如琴弦沒調到正確的位置，便無法彈奏出美好的曲子。

想起去聽演奏會，最愛演奏開始前團員們吱吱啞啞地調著弦的時刻，因為總讓我想起自己寫著詩的最美好時刻……一次又一次調著心弦的張力和鬆緊，直到一首完美的詩自然而然從指尖流洩。

那時便恍然有一種狂喜，神鬼附身般撼動著身體和靈魂，像修行者一次小小的微悟。

100

讀到一句有意思的話：所有的「大師」，都是「溝通大師」。

偉大的詩人的筆由現實直直穿透過靈魂，讓讀者自己與自己溝通。只是這溝通，更接近覺知與澈照。

有時候光只是這「看見」，便可以是一種療癒。詩人的「大師」之處，大約就在這種別種文體無法達成的「溝通」罷？

101

韋伯曾說：人是懸在他自己所編織的意義之網中的動物。人類所有的努力皆在補綴這張意義之網的缺口。

網上掛滿了食物，金錢，子女，名聲地位，權力，性和愛情。但即使如此，人類仍然從這密密麻麻的意義之網的網眼裡，瞥見網外的虛無宇宙。

詩從來就不是意義之網上的懸掛物，詩是意義之網上一個特大的破洞，即使人類封閉上雙眼，還是能清楚從這破洞中看見，網外的捕捉了所有的光的黑暗物質。

102

愛與死，文學與哲學的永恆主題。「愛超越死亡」成形為小說戲劇，便有杜麗娘為柳夢梅死而復生，祝英台投入梁山伯墳中雙雙化為蝴蝶。但哲學及心理學實際些，只能談到「愛可以超越人對死亡的誤解和恐懼」。死亡的背後，便是宗教管轄的領域了。

而詩呢？詩是一種自由，得以從容進出愛和死亡。

席勒曾寫過一篇短文叫「地球的分配」。一天，天帝宙斯號令凡人接受祂贈予的地球，於是眾人爭先恐後，搶奪自己的那一份。農民在田野打樁分界，地主在背後叫囂：「收成七成是我的。」商人在倉庫堆貨，貴族圈起美景勝地，市長奪取市街，漁人定居水邊，老人則搜刮走珍貴的葡萄酒。當一切分配結束，詩人才姍姍來遲。宙斯說：「怎麼辦呢？地球已經分給大家了。已經不屬我。那每當你想見我時，就來住在天堂好了！」

同樣地，一天，上帝號召地球上的凡人分享祂贈予的天賦，數學家立刻取走了數字和符號運算的能力，哲學家提領走一切有關愛與死亡的思考，音樂家拿走了節奏，旋律和韻腳，舞蹈體育家則領受有關肢體與活動的一切，心理學家承受了對大腦及心靈的視野和探究，宗教家則攬走了所有和神及萬物萬事靈魂溝通的方式和能力。這次，詩人再度姍姍來遲。上帝說：「怎麼辦呢？我手上所有的天賦都被拿走了，我再也給不出任何禮物了。當大家都來瓜分天賦時，你究竟在哪裡？」詩人懊惱地哭泣了：「上帝啊，那時我都一直待在您的身邊。我的目光凝視著您的臉，耳中充滿天國的音樂，陶然沉醉在您的光裡，以為這樣便是我需要的一切，根本忘了您要分配天賦的事兒！」

上帝聽了說：「那麼好吧！畢竟地球上不能沒有詩人。」於是祂召回了眾人：「你們每個人把各自拿走的天賦都拿出一部分給詩人。」

對文字過敏。對時間過敏。對聲音和韻腳過敏。對行走和雀躍同時過敏。
對音節與調性過敏。對節奏過敏。對存在這回事根本性的過敏。
甚至對愛與被愛，也都過敏。
文字散發的顏色，隱藏的音樂，蓄積的速度，暗示的空間，統統過敏。
對微笑和哭泣過敏。對天堂和地獄過敏。對孤獨寂寞過敏。對謊言和真理過敏。
對天空和眼前一朵白雲同時過敏。
甚至對過敏，也過敏。
寫詩，就是過敏症狀發作。被靈感附身。因文字而起的搔癢症。
然後對這過敏習慣了，漸漸。被稱為詩人。在公眾場合談詩，唸詩。
但靈魂深處依舊過敏。

105

早年曾經參加編劇班學習寫劇本。當時老師提出編劇的一條鐵律：一齣好戲只容許一個「巧合」。巧合一多，戲就垮了。我之後逐步琢磨，對照我看過的每部電影每齣戲，發現還真是如此。

那詩呢？寫詩也有鐵律嗎？我一直希望有，又希望沒有。有，是可以方便教學，初入門可以有所依循；但沒有，就可以玩得更開心盡興。

而套個《金剛經》的句型：是鐵律，即非鐵律，是名鐵律。

這便是寫詩的最高境界了。

詩的紀律。是的，寫詩必須嚴守紀律。詩心必須時時上弦，日夜匪懈。

練習，練習，再練習。

於無詩處聽詩之驚雷。再舉重若輕，四兩字撥動千斤宇宙。

捨得放下非詩的題材。散文自有散文的道路，小說有小說的橋。

氣質決定內容，內容決定形式。寫詩原是向內發現自己的過程。

詩的修行，像軍隊，似僧團。沒有「降格以求」這回事。

勇敢精進。在美好的孤獨裡永不懈怠。

可以寫壞詩，但不容許不誠實。包括對尚未成形的思想。

革命永遠尚未成功。

努力，是最初亦是最終的規則。

106

那天和席慕蓉聊詩，聊到好的詩人好像薩滿。天地眾生眾神，從天空到牛羊到草木蟲魚，都可以用詩對話。若拿身體做譬喻，散文是人生行路的雙足，沿生活的泥土深入現實的肌理；小說像人體的大腦，不斷訴說真實與想像揉合催化的故事；詩則是呼吸，藉由肉體的風動搭起身與心與靈互通聲息的橋樑，是邏輯與非邏輯世界的溶和劑，神靈與實相的近身、錯身與附身。原來與生俱來再平凡不過的呼吸，便是人類企及深遠靈魂的方便捷徑。而詩人是那文學薩滿，在創作靈感中漸漸平息，呼吸急促地溶化入詩的宇宙三界，化身萬事萬物，並假借繆思在紙上顯靈。

路過天母北路一家裝潢細緻的寵物用品店，店家玻璃窗上浮貼著某位已過世詩人的詩句，內容大約是這樣：珍珠是從一粒砂粒開始的，愛也是。

瞥見時猛然一驚，一是竟然有人在窗戶上貼詩（而書市上竟少有人買詩集）；二是這首詩似乎和養寵物很難扯得上關係（有多少人和他的狗的關係是由痛苦開始的？）；三，就有些嚴重了，牽涉到對愛的本質的體認。

對我而言，愛就是愛，珍珠就是珍珠，砂粒就是砂粒，鐵杵可以磨成繡花針，但磚頭永遠沒有辦法。

如果是愛，真的是愛，真正的愛，怎會在愛誕生的那一秒會被當作是別的？除非它本來就不是。

黃金可以被提煉，鑽石可以被雕琢，一如愛也需要學習和體悟……但本質上，愛就是愛，不可能從別的轉換而來。千年以來的鍊金術只證實了，黃金不能由水銀加鉛煉得。

而為了一句自己並不能同意的詩句，每回走過天母北路，人都變得有忿忿然的了。

詩人說：白天的陽光裡，一定不只有太陽發出的光，其中必定摻雜了許多更遙遠的某些星星的光。

這些光穿過漫長的星空，獨獨只落在詩人的眼底，詩人的心上。

唯有詩人辨識出了，人類和宇宙另一端的那顆恆星的關係。

對詩人的讚美，還有比這更隆重優美的嗎？

110

每當有人振振有辭地談論詩，理直氣壯說：像床前明月光……我總是低頭咬牙，臉紅冒汗，發急發窘。心中喋喋反唇：不是的，詩，不是你說的那樣……，你誤解了。詩不是那樣。
除非那個人一輩子只讀過一首詩。就床前明月光。否則他不能那樣地斬釘截鐵。
詩裡頭沒什麼斬釘截鐵的事。
所以最怕有人要求詩要「婦孺皆解」……
即使床前明月光，也可以做最個人化的深究和聯想。
但同意越「簡單」的詩越難寫。
像我就寫不出床前明月光。

終於必須承認詩，也是一種認識世界的方式，在感性，知性，和理性之外……姑且叫他「詩性」。詩人憑藉「詩性」認識這個世界和自己。但詩性可能毫無準確性和效率，充滿個性卻可能毫無普遍性，既不解答也不預言。但無可置疑地，卻永遠是最「人性」的。像在太平洋小島間駕著獨木舟的原住民，他的身體呼應海風，洋流，潮汐，甚至是白天的星星，使得他的航行，成為一首詩。

112

靈感盛大降臨人間，但無人知曉。靈感從不需要人祈求，他從來主動。只是人們往往木然從他身邊走過，沒有人肯理他。

靈感發現了一個人，立即獵犬般伏低了身子，久久不動，只是凝視他的獵物。觀察他。嗅著他。像是一道晚餐。

靈感不輕易出手。

要在那對的迅雷不及掩耳的一瞬，攫住對方的頸子，死穴，總動脈。附身到對方身體裡頭去。那人開始寫詩了，於是。

「那便是對天才最好的譬喻了……，一棵樹被自己的果實壓垮了。」靈感如史上最強迷幻藥，興奮著又折磨著詩人。「完成我，也就完成了我們。」詩人幾乎肝腦塗地。

一旁有人苦惱著：為何我毫無靈感？靈感一腳踢開他。靈感從不看錯人。

天堂裡有文學嗎？沒有聽說有。想必也沒有詩。活在天堂裡，或許對天堂門外的我們感覺像一首詩，但天堂裡的人並不需要它。詩原是寫給活在煉獄裡的人類的。思前想後，黃泉碧落，無一不是地獄氣象。詩人像甫跌入人間的天使路西法（Lucifer），一念無明卻也還殘存些天堂的記憶斷片，聊以對愚癡的人類風誦歌詠。最後，無能返回天上的路西法甚至在地上建構了屬於自己的天堂。當然，我們從來就以為那是地獄。因為只有地獄才出產詩歌，詩人，以及真正能夠被詩打動的人。

114

詩是文字的鬼魅，只有詩人的陰陽眼得以窺見。誠如許多自小有陰陽眼的人所述，愈想看，就愈看不到。而且鬼魅從來不能被直視注視，以眼角餘光窺視反而清晰。

一如詩意在閱讀中的一閃而逝。有如一時眼花錯覺，事後又起疑。

而且詩是含冤的魂，自己會找到自己的讀者。累世糾結的冤親債主。

詩的讀者當下唯有渾身戰慄，明白徹悟，拜倒，想死又不能死。

有時就沒有由來突然想起一句好詩來。又想起那位詩人，有多久了，怎麼也就只寫了這些，後來為什麼就都不寫了？也沒真正認真找他的詩集來讀過。（他出過詩集？）甚至，他還活著？一個人怎麼可以曾經寫過那麼好的詩而又能無詩地繼續他的日子？

想起詩歌節曾和一位未曾謀面但曾讀過他許多作品的詩人見面。當然這當中隔了許多年。我一邊寒暄一邊試圖在他臉上找到昔日詩的痕跡，一面懷疑，一面惶惑。

最後只能說：詩是無相的。不像許多聲稱在修道的人總穿著一襲唐裝，像在茶館裡為人算命。

詩，應該是多麼不著痕跡的一件事。

115

很害怕一種詩的讀者。永遠永遠不吝惜向詩人表達他對詩人，和他的詩不渝的忠誠與熱忱，久久丟過來一封臉書訊息：喜歡你今天報紙上發表的詩。參加各種免費的詩活動。甚至也偷偷參加詩的比賽。或許也肯掏錢買詩集，遇見詩人拚命要簽名。

詩彷彿一種名分標籤，一種心理補償，一種浪漫遐想。什麼都可能，就是和詩本身不太相關。

在文藝營再度遇見這樣的幾個熟面孔，突然就明白什麼叫「詩的徒然」。

「詩人和僧侶起初是一回事，只不過後來的時代將他們分開了，但真詩人必不失僧侶心，真僧侶亦必有詩人心。」

隨著年紀，心中詩人與僧侶中間那條模糊的線，便越發清晰起來。分明感覺到自己越往僧侶那頭靠一點，便越離言，少言，無言。越是往詩人這邊挪一點，便越有畫面，象徵，修辭，和音響。詩是人間亙古迴盪流散的音樂，僧侶拿它直接指向永恆的虛空的中心點，而詩人拿它無非伴隨「醇酒美人」。

而如何克服，穿越，甚至超越這其中的二元性……人生無所不在的二元性呵……便是詩人一生的最大功課了。

德國哲學家黑格爾說，一個民族得要有一些留意天空的人，才會有希望；一個民族若是只關心腳下的事情，那是沒有未來的。

這裡說的「留意天空」的人，無非是詩人。對詩人的讚美沒有比黑格爾這句話更鄭重的了。

118

119

大腦自動分泌出春夢，凡人視作理所當然的體液，任其流淌消失在現實的乾燥沙礫，唯詩人認真對待之，將春夢化作音樂與意象。這過程可稱為大腦的手淫。

詩人是把手淫由下半身努力提高到大腦高度的人。

120

詩是語言的夢。

語言可以是病態的譫妄，胡言亂語，無意義的感嘆，悖論，咒語神諭，到邏輯條理一絲不苟，無懈可擊。

夢也可以是大腦的排洩，白日的殘影，神鬼附身，心電感應，無可解釋，性慾壓抑，預兆，等等等；或者，只是睡前吃太多，消化不良而已。

身為詩人，至少能要求自己不寫太多消化不良的詩。

靈感現身如擊在曠野上的雷電。剎那的光照裡草原被徹底顯現，一如將被生產的作品。靈感本身並不創造，只是讓作者看見。

看見他原來已經存在他心底的萬事萬物。

而在陣陣雷雨中奔跑躲藏的我們，像活在叢草深處的嚙齒小動物，滿懷驚恐，四處奔竄，想藏匿在一個靈感無法覆蓋的洞穴，軟草與溼土襯墊的溫暖世界，可以永遠酣睡和亂夢的子宮。

121

122

詩是否該「婦孺皆解」？

在佛經裡讀到：佛以一音演說法，眾生隨類各得其解。這個「解」，究竟只是位在其「類」的個別的理解，還是真正的佛的本意本懷？「一音」是類似萬物宇宙的原始本初？隻掌之聲？梵？還是「唵」？

我寫詩就無法像白居易一樣把「婦」跟「孺」放在創作前提裡。我只能以自己的「一音」寫自己讀得下去的詩，管不到婦孺能不能讀，怎麼解讀。

123

在語言的巴別塔裡，艾略特說得好：詩是翻譯當中失去的那個東西。

124

有回大陸一位詩人朋友來台灣，在夜店裡遇見一位酒女和他聊天，談的竟然是夏宇。

他嘖嘖稱奇。

而我總覺得這不過就有點盛唐的興味。台灣曾經有過的。

125

很厭惡去教詩。更厭惡自己，居然時時答應。

就好像去教「呼吸」。人人都會不是嗎？

最近又陡生一念：寫詩於詩人，不是應該如呼吸一般？不但生命賴之存活，還應該有詩人獨到的呼吸方式。

佛說：能呼吸得如佛一般，你就成佛了。

讀詩能讀進詩人的呼吸裡，也就該得詩的箇中三昧了罷。

睡中似夢似醒，有情節在腦中上演，轉折激動處情緒湧現，忽然就有字句，清清楚楚，竟然也知道醒後便會立即遺忘，急忙背下。醒來立刻覓來紙筆寫下，有如恭錄神諭，但已經十分漏失三四，日後不時玩味反芻再三，終於將全詩完成。

所以詩是意識召喚潛意識的符咒，還是潛意識顯靈於意識的魂幡？

但寫詩能寫到這般田地，也方才稱得上是對詩的「信仰」罷。

只因手指誤觸一枚按鍵，打好了大半的文件瞬間不翼而飛，成為螢幕一片空白。誰沒有這樣痛苦的經驗？

剎那間的錯愕，大腦如眼前那片空白，好一陣子才能回神和現實重新接軌，力圖補救。

詩，好比那大腦被「delete」的瞬間所生出的漫天煙火。

看似眼花撩亂，不著邊際，事實上縷縷火光皆循著地心吸力的牽引，慢慢落回現實的土壤，然後消失。

詩表面的文字猶如煙火初爆的絢麗奪目，但讀詩不能迷於這初「亮相」，還得繼續讀到一朵煙花將滅，光度趨暗，光點寥落，紛紛呈拋物線墜入黑暗，落回虛空。

「詩」是那煙火抹過天空，綻開，消失，然後整個天空才因此被這首詩所賦形，所指涉，所象徵，所容納。

每種語言都有它無法表達之處。詩，便是每個語言致力於言說它無法言說之處的努力。

突然想到：或許，這便是詩為何難以翻譯的原因之一。因為詩的先天性格，原來就是要對自己的語言說話。

128

《聖經》上說：「字句叫人死，精意叫人活。」因此讀詩和解經有了一個類似之處：不能死守著文字，必須讀出文字之外的「精意」。但目前最普遍的狀況是：光是在字句上就已經讀得屍橫遍野了，哪裡還顧得了精意？

129

130

有次演講時我脫口而出：文學最大的敵人是概念。說完之後又立刻後悔，因為深知如果循此話題，就會把演講導入極抽象的獨白式的論證，而掉入另一個「概念」。

有句老話：氣質決定內容，內容決定形式。最最糟的狀態是，反其道而行。逆勢而為，造就了眾多矯揉，複寫，拼湊，文勝於質的作品。詩的赤子被大腦嚴刑拷打成「籤詩」，婚喪喜慶，諸事一一有解。

次糟的狀況是寫作從內容切入。預設的「內容」，便是概念。

何不順著先天氣質去覺察，去感受，去寫？也就是，承認每個靈魂的「獨特性」。

誠如某西方小說家所言，在文學裡，何不讓萬事萬物自己發光？人工打上的光，愈薄愈好，否則便形成光害，遮去一切光年外的星星。

最近讀一位小乘行者的日誌，他說一般人思維「這是什麼？」時，想的其實是「概念」，而禪修者思維「這是什麼？」時，想的是真實（nature）。真實，便是詩意所在。

131

多久沒聽到有人提起詩，詩人，和靈視（vision）之間的關係了。當一首詩和一位詩人之間的關係可以分析的都分析完了，時代啊，傳承啊，技巧啊，生平啊，語言啊，教育啊，人格特質啊，甚至是童年經驗，（這是在做心理治療嗎？）但就是無法充分說明，何以成就了一首好詩，何以成就了一位優秀的詩人。直覺，感受力，洞察力，對這世界，也對著自己，最後，也對著詩本身。

詩終究像酒一樣需要一點酵母來完成，那顆神祕的酵母，就只來自詩人的靈視。

總覺得向詩的入門者介紹詩為何物很難，很容易把意思弄擰了，或說死了，就了無生趣，或事實上減損了詩的內涵和可能性。而極有可能，這正是現在教育體系教導詩的方式。

日前在美國新詩學會（Poetry foundation）的會訊「每日一詩」（Poem of the day）專欄，竟讀到一首〈詩的入門課〉，說的正就是我的心事，忍不住要譯出來和大家分享：

〈詩的入門課〉　比利．柯林斯（Billy Collins）

我要求他們拿起一首詩
並朝著光舉高
像一張彩色幻燈片
或緊緊附耳於詩的蜂箱。

我說在詩裡頭放進一隻鼠
看牠如何找到出路

或者走進詩的房間
沿著牆壁感覺到燈的開關。

我要他們去滑水
跨越過詩的水面
朝岸上詩人的名字招手

但所有他們只想做的
僅是把詩綁在椅子上
酷刑至詩吐實為止

他們開始用軟管抽打詩
期待發現詩到底是什麼意思。

我們真的有必要藉嚴刑拷打來「讀懂」一首現代詩嗎？

某次演講不知哪裡飛來一念，脫口而出：文學創作（當然也包括詩）最大的敵人是「概念」。

底下聽眾一片寂靜。

我突然明白要說明這個「概念」，很難。但文學性的演講，不就要闡述有關文學的「概念」？

而這些概念其實和文學本身，並不太相干。甚至，是一種妨礙。

無論詩的理解或創造，都不能依循「概念」。否則詩就淪為「籤詩」，或者被簡化為哲學。

近日讀到緬甸佛學大師的教導：煩惱相信概念，無明相信概念。但是當我們持續習練時，心會開始覺察到經驗本身——經驗的真相。

誰說寫作不能是一種修行？

有多少人想從詩裡讀到詩裡沒有的東西？

詩本身並不承載思想。即不提問，也不回答。而被實用主義制約的心靈，只有啐一口：讀詩何用？

前陣子前往媽祖廟求得一籤詩，辭句優美，對仗格律工整，籤首還有說明「故事背景」，典出何處。下方則表列適用範圍：婚嫁如何，遷移如何，官事如何，等等等等。

如果不懂，廟中還有專門解籤的人坐在一旁。

現代人似乎越來越依賴解籤人。因而，所有的詩，在這樣的心理背景下，都或多或少成了籤詩。

「可以解釋一下這首詩嗎？」每當有人這樣要求，我心裡總是這樣反應：何不放過詩一馬⋯⋯

而我一開口，就成了廟裡那個解籤的人。

海明威說：作家應該在最想提筆的時候，停筆。這令我想起張愛玲的另一個說法：一個人一旦學會了一項本領，總捨不得不用。

兩人天南地北說的竟是同樣一件事。

因為點到了寫作裡接近修行的一個層次。作者和作品之間的關係。想寫，不得不寫，別有居心地寫，放下所有意圖地寫，自發性地寫，自動書寫，一層層有極細微的差異。文章本天成，妙手偶得之。這個偶字有不強求，不能求，不必求的味道。

西方心理學認為作家或多或少在心態上是個暴露狂……能有人在提筆時把脫掉的衣服又再穿上了？

135

曾經在半年寒冬的北美住過三年，徹底放棄了中文，努力上英詩寫作課，試圖像張愛玲所說：藉由種子飄過去，重新長成一棵樹。

教師們有舉止優雅的退休老太太，英語補習班的兼差年輕男孩，長髮飄逸的女文青。

他們充滿了教學熱情，但似乎都和「詩」有些距離。

我終於放棄了以英文寫詩的企圖。

意外的收穫是：英文醫學論文的寫作進步了。

多年以後重溫這個中斷的夢，想起梵谷。

梵谷的畫一言以蔽之，就是在油彩上重新發現了「陽光」這件事。

而我卻只能在中文裡看得見陽光，英文裡沒有。

「語言發音、鳴響、震顫、飄蕩。如同語言之被說出的語詞，都有意義，都是它的特徵。／語言是人口開出的花朵。」海德格如是說。

當我第一次讀到有人用人口開出的花朵來形容「語言」時，深覺這樣的譬喻本身就像詩。

那詩呢？該就是花朵散發的香氣。

還有比花香更飄忽，短暫，容易消失，然而強大，原始，神祕的感知？

因為人類的嗅覺是所有感官中退化最早，被「大腦」擠壓得最厲害的。

所有詩的吸引與召喚，都是人類回應那一去不返的本然的探尋和進入。

137

海德格說：「我們總是跟在語言後面跛足隨行……」

而語言跟在詩後頭。

這遊行長長的隊伍，其實大多數人看不見行列的最前頭，或者並不在意。

我卻總是看見那應會是一個丑角模樣的舞者，喬裝瘋傻的先知，邊走邊跳躍著，引領著人類走向自以為自己能夠決定的，恍惚，彷彿，惶惶的或然之路。

138

在寫詩的狀態下經常出現「絕對性」的經驗，也就是不容詩人揀選字眼辭彙，甚至意象。邊寫邊有另一個「我」在一旁，指東說西，下指導棋，就是要你做「對」。詩只能「對」，不能只是「好」。一般人評價一首詩「好」，能分析出來的部分也都只是「好」，技巧高明，意象特出，音樂美妙，內容深遠，意境高超。這些都還只是「好」。

真正一首好詩，是因為你覺得它說得「對」。臟腑覺得對。靈魂覺得對。

139

詩人的惡夢。有朝一日醒來，發現自己所有寫過的東西，都化成陳腔濫辭。然後發現，所有別的詩人的作品，從床前明月光到一樣的月光，也都化作陳腔濫辭。

自己內在，從心裡到嘴裡，能說能寫能讀的，不過是重複另一群人類說過想過的事物。

一如數位相機「解放」了攝影，教育普及「解放」了文學創作，網路3C「解放」了傳播和重製。解放的另一面，便是無止境的庸俗化。世俗化。無個性化。

並形成一個無從插入或阻斷的時代迴圈……從陳腔濫辭衍生更多陳腔濫辭。子子孫孫，族繁不及備載。

而且形成價值：只有陳腔濫辭，才能真心讚美，另一首陳腔濫辭。

談到詩宿命地不能不提到音樂。彷彿兩者不僅是孿生子，還是連體嬰。畢竟兩者截然分家，在中國歷史上似乎不是太久遠的事。但回頭看看，詩似乎臣服於音樂性的「框架」也太久了，這「奴性」不能不說是嚴重殘害了詩的自主性。讀著今日白話語體的新詩，在心中默念著不出聲，而自然而然在「讀詩」的過程中，感受到無形的音樂自字裡行間湧動，心中生出，恍兮惚兮。音樂音樂，有音便有樂，尤其從自由體的新詩中生出，尤其新鮮，是為大樂。

有人問我為什麼不寫古體詩，理由有許多，但最顯而易見而無可辯駁的是，我們才從平仄對仗，押韻格律的裹腳布裡掙脫出來不是嗎？現代詩或許不易吟不可誦不能唱，但在這之外，其實，連詩的音樂性也被解放了，不是嗎？

前陣子才在「詩想」裡提及詩在人類大腦中的「屬性」問題。詩既不承載思想，更與所謂俗世的「智慧」無關。詩人使用的，既不完全是感性，又絕非只是理性，既能馳騁無遠弗屆的想像，上天入地的幻想，又得遵從詩的無比嚴謹的內在邏輯，另外還得從自身語言裡，從事提煉詩素的文字鍊金術的苦差。

宗教界在人類大腦的「理性」和「感性」之外，提出人還有個「願性」。那，我也只好再附加一個，「詩性」……人類如果沒有共通的「詩性」的話，詩如何引發共鳴？

方才讀到波赫士的一段話，說的竟然是同一件事：智力與詩歌沒多大關係。詩歌發源於某種更深層的東西，超出智力的邊界範圍。詩歌甚至與智慧都沒有關聯。詩歌是它自身的東西，有它自己的天然本質。

木心說波特萊爾自己說：「整個可見的世界，不過形象和符號的庫藏。這些形象和符號，該由詩人的幻想來給他位置和價值。」

波特萊爾真的說過這樣的話？憑直覺不太可能。又無能於去翻出波特萊爾說過的每一句話。

只是直覺上他不該是那麼斬釘截鐵的人。指使著詩人：去，去消化這世界的形象和符號，去為世人賦予他們位置和價值。

波特萊爾應該從來不曾企圖藉由詩，帶給這世界什麼位置和價值。

起碼他只幾乎做到，叫這世界懷疑一切的位置和價值。

詩最令人困惑之處之一，是「詩人」本身的「局限性」。許多詩人就世俗的眼光而言，實在和詩難以聯想在一起。而最令人匪夷所思的，詩人可以不依賴「經驗」寫詩。藍波寫「醉舟」時並未見過大海，但全詩活生生海風吹襲的氣味呼之欲出。愛蜜麗・狄金生一生獨居，活動範圍大致不踏出新英格蘭區，但詩中廣納天地宇宙，毫無「鄉氣」。最近讀湖北詩人余秀華的詩，也絕難相信患有腦性痲痺的她，一生絕少離開她所居住的村落。詩人像根針灸用的銀針，被繆思牢牢插在他所屬的穴位上，各司其「格」——風格的格，也是格局的格。再藉由經脈互通，可以隔山打牛，上天入地，又是不拘一「格」。

詩人是穩坐穴位上的「得氣者」。接著地氣，看向天空，俯仰星辰，日月流行，茫茫大塊盡納胸臆。最貼切的形象莫過於電影「駭客任務」（The Matrix）裡的先知，是位鎮日在廚房烤餅乾的老媽媽。她的廚房門口貼著希臘哲人的箴言：「認識你自己」。

144

希臘哲學家赫拉克利圖說：「一個人不能踏進同一條河兩次。」
同樣地，一首詩也不能被完全同樣地被閱讀過兩次。
詩就是那麼一條靜止又流動的河，每一次涉水而過，都是第一次。

145

146

曾經對棒球練習場的自動發球機著迷。那可以源源不斷被拋出的白球。

我的疑惑是：每個發出來的球都是一樣的速度，和角度嗎？既然發球的是機器。

而且可以連發，速度之快，永遠也不累。

過了許久，才明白之於一個詩人，靈感也該像一架永遠不停歇的發球機。

端看你接不接得到球。

而接球的姿勢愈是輕鬆自然，詩的姿態就像超級球星那般愈漂亮。

147

經年經常性地寫詩，出版詩。
卻不常讀別人的詩。
終於到了自問的年紀：這樣似乎不太公平?!
於是也上網訂購一些詩集，信箱裡不定時出現的贈閱的詩刊，也不再原封
不動扔進字紙簍。
甚至是以往認為是味如嚼蠟的翻譯詩。
如今經常我坐下來，煮杯咖啡，讀。
才發現，好的詩，會像打撈沉船似的，撈起你意識底層沉睡的詩句。
於是經由閱讀好詩，你創作了更多詩。
好的詩，像一雙神奇的珠寶工匠的手，為你靈魂裡的鑽石，悄悄又多切割
了一個面。

他經常讓自己漂浮在這座摩天大樓頂的游泳池裡。

樓高。高到一個程度，眺望四周，就只有一痕荒荒的天際線。

此外就只有單純「存在」的天空。像為了遮蓋某種破口似地當頭無縫罩下。

我游了一會兒。只見他遠遠向我招手。微笑。伸手指了指天空。

我抬頭一看，是一道彩虹，遠遠橫跨在市囂塵霾之上。

他見我一臉驚喜，說：其實，彩虹常常出現天空。只是人們不知道罷了。

只有像他這樣經常讓自己漂浮在摩天大樓頂的游泳池裡的人，才可能把彩虹的出現看得如此之淡罷。

我想：一個好的詩人，必然也就要心這樣高，眼這般寬，日子那麼閒。

張愛玲在「談讀書」中說：「郁達夫常用一個新名詞：『三底門答爾』（sentimental），一般譯為『感傷的』，不知道是否來自日文，我覺得不妥，像太『傷感的』，分不清楚。」

並且戒之慎之再三。

看這些老譯文有時真是啼笑皆非，像寫詩需要的「靈感」叫做「煙士披里純」（inspiration）。

而「三底門答爾」究竟是怎麼一回事，連張都覺得難以解釋。

我以為就重點在一個「傷」字。樂而不淫，哀而不傷，是文學的鐵律，否則便是三底門答爾。然而在不同文體，這個「傷」字表現得似乎有些不同。小說散文誠如張所說，凡是順著前人挖過的溝渠流下去的，不是在人類經驗的邊疆開發的，我以為都有「傷」的毛病。

而詩的「傷」，我以為就是專事文字的雕琢工夫。

如果詩是一杯葡萄美酒，那「三底門答爾」還在把葡萄榨成葡萄汁的階段。寫詩絕不是勞力的活兒。這硬使的勞力，便是「傷」。

原來西方曾經把蛇髮女妖美杜莎（Medusa）和斬首英雄柏修斯（Perseus）的神話故事，視為詩人與這世界之間的一個比喻。

柏修斯避開正眼去看美杜莎的臉，只有從他的青銅盾牌上的倒影觀察美杜莎。

他成功斬下美杜莎的首級，憑藉的是穿上可以飛翔的鞋，和「間接」的「看見」。

誠如卡爾維諾所說：「我覺得這個世界都正在變成石頭。」因為凡塵的人類正死死盯著、注視著美杜莎。知道萬萬不可仍然克制不了，想看清屬於自己的邪惡，恐懼，黑暗，死亡，受苦，以及這世界瞬間的毀滅。這想「看個清楚」的致命誘惑！

唯有詩人藉由風，雲，飛翔，和「間接」地「看見」，成功地除掉了美杜莎。多麼美好的詩的譬喻！

之後從美杜莎的血裡生出了飛馬佩加索斯（Pegasus），而當佩加索斯的蹄踏上赫里肯山（Mount Helicon），地上便湧出泉水，成了掌管文藝的眾多女神飲水流連之地。

是的，沒有了詩，我們的世界便只能緩慢地一步步走上變成石頭的命運。這過程本應該是瞬間的石化，只是時間的錯覺愚弄了我們，使我們誤認為人類還有機會活動一下筋骨，說說自以為是的真理，發發修辭優美的牢騷，唱唱天鵝美絕的瀕死之歌。

我們以為我們還有言語，可以當工具或武器舞弄，但誠如愛默生所說，人類的語言，只是詩的化石（fossil poetry）。

想必是因為對「情節」厭倦了，才開始寫詩的。如果一定要為寫詩找個理由的話。

真實的人生能有什麼「情節」？連佛陀都覺得「因果」難論，更何況一個情節脈絡完整清楚，合情合理的「人生故事」？

年輕時看電影，不能理解那些大師們的作品為什麼如此沉悶，為何堅持不說故事，缺少情節，結局開放……如今卻一看到拳拳到肉的好萊塢片，便要陷入沉睡。

人生的真實往往如此，不是一部電影篇幅的「故事」能涵蓋或顯明。

而身為不被「情節」唬弄或滿足的人生讀者，自然也輕易跨過了小說和散文兩種文類，直奔詩的懷抱。

文學最大的敵人是概念，或說意識型態。

這些話大家或許耳熟能詳，然而似乎少有人對這個敵人的真面目和策略，詳加探討，清晰指陳。

近代詩歌敵人的最高明形式，便是認同「文學是哲學的戲劇化」。黑格爾警告：藝術在死亡，因為藝術消融於哲學之中。當藝術嫁給哲學，藝術就走到盡頭。

當詩歌靠近哲學邊緣，就靠近危險。

可惜的是經常有人無論在詩的創作意圖，題旨或解釋上，都從哲學出發。大剌剌地，且大言不慚。

而論者和讀者竟也多以為是。

於是今日美學容許讚美一朵塑膠花。只有王爾德說得好：唯一可以治療靈魂的，是感官。反之亦然。

復興詩的感官之活色生香，肥美多汁，在今日詩歌因「哲學之戲劇化」而

152

愈來愈顯乾枯索然的文學創作氛圍裡，或許是唯一一帖良藥。

總害怕遇見把詩當事業經營的詩人。

因為無論是這樣的詩人還是詩，總是泛著一股生活勞苦的汗氣。沉重，汲汲營營，強說愁，以賣弄俗世的智慧和技藝沾沾自喜。笨拙。

簡言之，是佛家所謂「造作」。

而普遍的現象是，造作詩之餘，還喜歡造作詩的周邊產品，詩的分析和評論，推薦，參加活動，評審，真的是拿詩當事業，流血流汗，樂此不疲。

每每遇到這樣的詩人，讀到這樣的詩，便有一種悶悶的生命沉重的無明感，油然而生。

不為無益之事，何以遣有涯之生？

真的有人只能這樣。真的真的。

153

不可思議呵，有時候會這麼想：為什麼寫詩在今天成了一件需要辯解的事了？

「為什麼是寫詩呢？」有人這樣問：為什麼不是寫散文，寫小說？

有人更乾脆：為什麼不像侯文詠寫點白色巨塔裡的故事？可惜了你熟悉的題材。

的確，詩在今日台灣幾乎是毫無投資報酬率的事業……為什麼還要這麼投入呢？

如此這般，寫詩果真是件需要辯解的事了。

沒有一種文體能像詩容納那麼多個人的想像，怪癖，挑剔，完美主義或耽美；文字的所有可能，任性，不負責或不必負責，叛逆甚至是瘋狂。所有「靈魂的獨特性」一詞裡所能想到的，所涵蓋的品質，皆能為詩所呈現。

這樣，還能夠不寫詩嗎？

繼續反思：為什麼寫詩？不寫散文或小說。

而我向來是沒有理論的人，無法答辯，淺淺涉獵，就發現藝術原理講的，就是形式和內容的一致性。而人（創作者）的氣質又更在先。所以是氣質事先決定內容，內容又決定了形式。三者有其必然的一致性。

而我又訝於接觸文壇後，遇見許許多多的這三者的不一致性。

佛陀因望向夜空，目睹明星而悟道……夜空的宇宙有什麼「形式」，有什麼「內容」，有什麼「氣質」？

怎麼辦？詩是我企圖接近宇宙唯一的辦法了……

155

可以想像梵谷對繪畫的解釋有多簡單？
他說：我想用油彩表達陽光的照射。
因此他不斷在畫布上堆砌顏料，尤其是陽光的黃，堆了又堆，抹了又抹，
只嫌不足，反而成就了他的技巧，他的風格，他的內容。
一言以蔽之，梵谷是個歌頌陽光的畫家。一點靈明，成就其偉業。
同樣，詩，有那麼複雜，那麼難嗎？

關於現代詩，最大的誤解之一有可能是，詩應該寫得像個謎。

在無數個文學獎的無數個評審過程裡，看到無數篇企圖把詩寫成謎語的作品。而且彷彿愈讓人猜不透，愈高深莫測，愈眼花撩亂，詩就愈好。而偏偏也就有評審吃這一套，屢屢讓這樣的作品得獎。風行草偃，一發不可收拾，流風所及，形成現代詩特有的所謂「得獎腔」。

其實詩看似可以天馬行空，其實詩的「內在邏輯」是無比嚴謹的。好比童話故事裡有個分辨真假公主的辦法，就是在層層床單底下藏一顆豆子。粗糙放逸的身子骨可以絲毫無感地進入夢鄉，唯有真正的詩是嬌生慣養的貴族，只要床有一點不對勁，可以輾轉終夜。

「刻意將詩寫成謎」，只說明這個作者靈魂根本搆不上詩的高度。

因為詩本身就是生命之謎，根本無須「刻意」。

在愛荷華的翻譯工作坊，一次是討論我的詩的英譯。我選的是「寫給複製人的十二首情歌」。主持的老師娜塔夏在課堂上指著我和她的美國學生合作的譯文，直言：在英文詩裡我們不說「I love you」。

我一時語塞。

因為十二首「情歌」裡，每一首都有「我愛你」。

我原來的用意是「人類」在教導「複製人」如何「愛」，背後是質疑：我們口中的愛有多少是天賦本能，多少是後天養成？

但顯然這樣的深意經過翻譯，已經蕩然無存。

我不禁想起從前學者詩人們對中文裡「我愛你」的討論。因為這三個字是百分之百的外來語，翻遍五四之前的古籍是找不到這三個字成為一個單辭的用法的；而在全球所有語言裡，大約就屬中文裡說「我愛你」的發音最彆扭，最拗口，最令人臉紅。因為這樣直白的表態，從來就不是中華文化裡傳達「愛」的方式。中文裡的「纏綿悱惻」，「百轉千迴」，無論如何翻譯也難能使西方人明白，所謂「愛」於中國人，並不是敲開鷄蛋殼便看到蛋白黏液流出來，那樣開門見山的一回事兒。

因此在中文詩裡出現的「我愛你」，和英詩裡跑出絕對禁忌（？）的「I love you」，或許兩者之間有絕對不同的文化意涵和指涉。

也許誠如日本小說家太宰治所言：我一旦寫到「愛」字，就什麼也寫不下去了。

也許愛的深邃神祕，遠遠不在文學所能趨近或揭示的範圍內……這，才是普世的真相吧？

曾經在網路上讀到一段不知真假但頗為驚悚的文字。
話說福州盛產魚露，當地人幾乎無餐不佐以魚露。某年某廠家有一批魚露味道特別鮮美，然而工人在清理魚露池子時，才發現池底竟躺著一具女屍，身形已經腐敗殆盡，不辨容貌。
這段文字令我沉吟良久。總覺得裡頭有點和創作相關的祕密。
是的，每一首好詩，裡頭必然也沉著一具屍體。
而且需要一點時間讓他腐敗。

158

冬夜和好友去到朋友阿明開的喫茶店喝茶。這個「喫」，於我是他們店裡美到捨不得吞下口的和果子。

店裡的弘桑流利地操著日本腔的國語，為我們一面沖茶一面介紹。

我點的武夷老茶，朋友點的普洱，各有各的講究。譬如鐵壺煮水，可以使重口感的普洱更甜。茶壺宜紫砂，氣孔小聚熱，蓋子不掀。而我的武夷老茶重揚香，可選用朱泥壺，壺蓋掀開，更耐久泡。

於是弘桑一遍遍來取走茶壺，另在櫃檯處煮一鐵壺的水沖茶，茶好了倒進茶海再送來，動作十分殷勤仔細。轉眼已近打烊時分。

我提議要走了，以免耽擱人家下班，誰知弘桑極力勸阻：「別急著走，今晚店裡沒事，可以多喝幾泡沒關係……」

說完又收了茶壺去沖。一面又回頭：「你的武夷要沖到第四泡才正好，茶葉才會全開……」

「留下來吧，」他微笑著說：「這樣茶葉也會開心一點！」

我於是又坐了下來。琢磨了一下。

這，不就是詩的生活的語言？

曾經忝為「現代詩」復刊主編，卻對當初創始者紀弦先生倡言的幾個創作「信條」毫無研究，包括誓言繼承的那法國印象派詩歌的始祖，現代主義先驅的波特萊爾。

波特萊爾的頹廢也許在中文詩裡並不新鮮，說人心裡同時住著上帝和撒旦也不駭人，但把醜惡經由藝術表現手法化為美，便有些出奇了，最後，他說：「充滿韻律與節奏的痛苦，是一種充滿平靜之樂的精神。」時，我不禁拜倒了。

能夠有多痛苦呢？這人生。

我相信波特萊爾了解的一定比我多。

這才明白芥川龍之介說人生不如一行波特萊爾，可以是真的。

161

包浩斯曾經這樣說：我希望自己死後還以為自己仍然活著，照常在房子裡走來走去，繼續寫作，探討一些和信仰有關的問題。

當下十分震動。我希望我死後也可以誤以為自己仍然活著，可以放慢白日的腳步，一面感受詩在肚子裡成形，一面盤算何時才是一把逮住詩的最好時機。

直到我明白我確實已經死了。

經常在公開場合被問到詩與畫的關係。我以為自古以來，「詩畫雙全」的詩人多到幾乎要自成一個傳統。但在現代詩裡，詩不但與音樂分家，連帶現代詩人也不太畫畫了。在藝術分工日益細密且「專業化」的今天，詩與畫兼修的詩人成了被矚目的少數。

顧名思義，詩只造就「人」，畫卻得成為「家」，這當中似乎有某種「技術性」要求的高下區別。詩人被要求「一生愛好是天然」，彷彿「文字」於詩人不需要太多琢磨和苦功似的，而畫的欣賞永遠還是「技巧先行」。畫家再有創意和想法，就不能感覺是隨手塗鴉。

和許多詩人一樣，我不能回答「詩為什麼發生」、「寫詩的目的為何？」或「為什麼寫詩？」這一類的問題。因為詩人似乎只是繆思或靈感的「乩身」而已。乩身在神靈退駕之後，應該是一無所知的，毫無記憶的，否則便有僭越或假冒之嫌。

曾有一位自稱某「菩薩的乩身」的朋友，經常蒙「祂」提點，日子久了，卻發覺我越來越搞不清楚某些話是出自菩薩，還是這位朋友個人的意思。

一位好的詩人，或許正是最稱職的一個「靈感」與「人間」之間的仲介或翻譯者。

詩既超乎人世又隸屬於人間，詩人臣服於靈感又獨裁他的創作，堪稱完美結合的「二元性」。

而最好的詩人是一面神奇的鏡子，繆思無意間從鏡前走過，驚喜萬分地瞥見自己在人間的絕世容顏。

164

經常對一件藝術品的貶語是：不自然。不太自然。

對於許多人，「不自然」或許是件一目了然，或可以被仔細分析出道理的事。但何謂「自然」？卻似乎難以言詮。

經常於我決定一首壞詩，似乎只消看上一眼；但讀到一首好詩，卻是反覆吟詠推敲，難以說出到底好在哪裡。

隨手翻過一本詩集，突然想起其中一首。

想重讀一遍，但無論如何再翻不到那一首。

只重讀到記憶中它之前，或之後的詩。都在。但就那一首神祕地從詩集裡

消失了。

但相較於那一首，其他詩似乎都是唾手可得的次級品，充滿瑕疵，贅詞，

鑿痕，不甚高明的趣味。

所以……我甚至起疑：是這些敗作反襯出那一首的優越令我情有獨鍾？

我又把這本詩集從頭至尾來回翻過兩三回，依然找不到那首。

真的有那首詩？

我只知道每翻閱一遍，便有一些詩的種子，悄悄在我腦海裡發芽。

165

記得多年前收到一封讀者的來信，內容已經全忘了，只記得信封封口處寫了一小段英文：我將大聲銳叫，只為聽見回聲。

這句話令我尋思良久。

關於詩人面前那一座山。

無形無狀，不知高矮遠近，只有詩人撕心裂肺地一吼，才能聽見它的存在。靠的是回聲。

從回聲聽見山。

從回聲去賦形山的存在，山的樣貌，山的表情。山的真相。

167

接續前一則詩想，詩人原是在回聲裡飄浮生存的生物。

詩人的每一首詩都是放聲全力一吼，都是生死以之，都直見性命，都聲盡人亡。

至於詩人面前的那一座山。

山夠高夠寬濶，回聲才夠大夠結實。夠空靈，夠清晰。

這裡唯一的困擾是：萬一這座山並不存在呢？

168

美國名詩人查爾斯・西密克（Charles Simic, 1938-）曾經寫過有關現代詩的七個寫作信條。其中第二條竟然是：不要假定你是這世界唯一受苦的人。

是的。一語道破許多人寫作的癥結。

不曾長夜痛哭者，不足以語人生。

真正的原因是，你受過多少苦，你一下筆，眼明的讀者一看便知。

你在詩中的「假定」，會洩漏你的斤兩。

169

讀美國詩人查爾斯．布考斯基（Charles Bukowski，1920-1994），詩與生活的對立與辯證關係，重上心頭。

「詩無寧是挺立在生活的刀鋒之上，是生活狀態的絕對展現。」是布考斯基真實寫照。

布考斯基一生縱慾潦倒，生活糜爛，卻「毫不留情地霸占幸福」。學者對他的詩有個很妥貼適切的評價：天生豪膽打敗天生才華（natural guts defeating natural talent）。

也就是說，他是個以生命寫詩的人。

許是看到了身邊周圍太多擁有詩歌天賦，卻絲毫沒半點生活膽識的人，這時的我，多麼盼望中文寫作的世界裡，我的身邊周遭，也能出現一個布考斯基這樣的詩人。

170

除了此時此地，沒有別的時間，別的地方可去。

詩人的天賦志業之一，就是要在此時此地的當下，重新找回嬰兒初睜的目光，這個「身在此山」的「異鄉人」的身分。

很被蟒蛇捕食的方式撼動。那纏繞獵物使之窒息再生吞的方式，有一種招招致命卻不見血的明快，沉著，準確，狠。

無怪乎常在希臘羅馬時期的雕像裡，看到蟒蛇纏繞人體或動物的題材。其中最著名的當數《勞孔群像》……他和兩個兒子皆被蟒蛇纏勒而死，那血脈肌肉賁張的絕望，怵目驚心，永生難忘。

但蛇在希臘神話裡又是生命的象徵，醫學之神阿斯克雷皮斯就執著蛇杖。

現代人的理解是古人觀察到蛇能蛻皮，以為那是重生。

一種生物同時又是死又是生。我想起了詩。詩人被詩的命運緊緊纏繞勒命，又從中獲得新生。

171

知道何為「全息圖」（hologram）很久之後，才隱約覺出它和詩的關係。

發現很多人和我一樣，一首歌只能記得其中一段，一首詩也往往只記得其中幾句。

為什麼？

如果費心去找出原詩，讀完卻往往發現，完整的整首詩並不比印象深刻的那幾句，訴說得更多。

而全息圖的特點在於運用二維的訊息（二道雷射光的相互干涉作用），卻能創造三維立體空間。最不可思議的是，任何一片全息圖的碎片，都能完整呈現全圖。

一首好詩，便往往只是其中幾句，但都能凝聚且又輻射出整首詩的意境和內涵。

一首好詩，便也是詩人一生的一張全息圖。

從來沒想過寫詩而不發表。

多年來直覺上一首詩要到發表，才算完成。

為什麼？想了想，還是和詩的本質與信念有關。雖曾經自認寫詩時「心中無讀者」，但，詩人和他的「集體無意識」卻融為一體，息息相關。詩心和這「集體」的溝通管道，便是詩，白紙黑字寫下來的詩。詩從哪裡來，終歸回到哪裡去，詩人不過是這循環中的一段載體，類似薩滿。

因此像卡夫卡遺言交代燒毀所有作品，於我是無法想像的。愛蜜莉·狄金生死後才被世人認識，可是生前曾經投過稿，發表並不順利，日後便志不在此。

而今天網路世界，詩發表的管道多到浮濫，等於沒發表，有些人只做自戀式的演出，反而無心聆聽。

詩人魯米說：每一首詩都在找回家的路。

現代詩多還流浪在中途，回不了家。

詩裡最大的幻覺是時間。似一瞬又是永恆。

攝影也「企圖」做到，但所定格之物皆已成過去的死物。因此最逼近靈魂的照片總是鬼氣森森。詩卻是打破時間的框架，與空間融為一維，用意象排列出音樂，節奏和韻腳是時間在舞蹈。

最好的詩皆把水一般流動的時間煮沸成氣體，散入詩的虛空。時間有多長，虛空便有多大。大到足以容納詩。

174

從來沒想過，有一天我會違反當初不修改舊作的誓言，找出多年前的舊詩稿，逐字逐句重新斟酌。

主要是因為自己變了，因此再看過去的作品，發現大多數竟不忍卒讀。為什麼？自認是下筆慎重嚴謹的人……

175

原來是內心的音樂改變了。那旋律，節奏，調性，皆和年輕時大不相同，宮商角徵羽，也隨著臟腑的老化而易位。而詩如附身在這新音樂上的歌詞，於舊調不合。

我邊改，一邊彷彿更加明白，我在追尋的詩的真貌是什麼。

176

日前收到某活動單位寄來的邀請函。他們請一百位詩人為一百種花寫詩。稿酬極優。我被「分配」到的是一種我從來沒見過的花，卻有著一個極其古怪的名字：台灣水龍。我上網查了查，就是開在一種田間水邊的小黃花，絲毫不起眼，一時真不知該如何歌頌起。

信在電腦裡一擺就四個月，十一月底是截稿日，編輯寄了貼好郵票的回郵信封來催稿，我卻是依然無法動筆。非不為也，實不能也。

我怎麼能為從來沒見過又絲毫沒有感覺的花寫詩？

誰能？

終於和編輯通上了電話。掛了電話我才知道，原來台灣竟有許多詩人能。

我想，當我們在責怪詩沒有讀者之前，或許可以反省的是，詩人與詩的集體墮落。

兩位詩人的散步。

最後我們到達一座墓園。

我聽見你對著列隊迎接我們的碑文默念，介紹那一大群陌生的逝者當中你熟知的幾位名字，講述其中某些人的一生。

你說：這裡躺著一個詩人。他還在他的墳上設置了一個信箱呢。哈。你手指著：給他寫封信吧？

你說：這裡的鬼經常和你聊天。

「他們都說了什麼？」我有些急切地問。

「開始都是一些新年的祝辭唄。」你說：「我們的一天，大概是他們的一年左右……」

你沒有再多說什麼。

但我因此知道你幾乎每天來這墓園。因為墓園中的某塊碑，某個死去的人，某段分解不掉的記憶。

「大部分時間我只安安靜靜聽……」你說：鬼神的語言使用象徵。不是普通人間的口語。像詩一樣，你必須細心全神體會。

「只有每年大年初一的一大清早，我在附近祭拜過神社之後踅過來這裡，才和鬼對得上話：新年恭喜啊！我終於可以這樣說。」

「又是新的一年呵……」

「人間的新年，鬼和我寒暄之後，才開始和我說些鬼話。」你說。

一些只有詩人與詩人之間，才能完全理解懂得的鬼話。

曾經很不習慣寫有關時事或新聞性的詩。有個自私的擔心：怕詩也終將隨著「新聞」變舊而褪色過時，乏人問津。

波蘭詩人米沃爾說：在我們的時代，我們老是聽人說，詩歌是一份擦去原文後重寫的羊皮紙文獻，如果適當破譯，將提供有關其時代的證詞。

他甚至強調：詩歌的見證要比新聞更可靠。如果有什麼東西不能在更深的層面上也即詩歌的層面上驗證，那麼我們就要懷疑其真確性。

是的，如果詩人的靈視不能穿透「時事」表層的波瀾，直射人性和時代的幽深海底，那麼詩真的就只會與「新」聞一同變「舊」，然後被資訊爆炸的現代人迅速遺忘，只為那時代堆積的陳腔濫詞，再添一筆。

178

「詩想」回聲

給詩想的回應——敬致詩人陳克華／席慕蓉

一、夢中的詩

中亞的諺語：阿拉伯的語言是知識，波斯的是糖，印度的是鹽，而維吾爾的語言是藝術。

我想，在大蒙古國君臨一切的那個時代，對被征服者來說，蒙古的語言應該就是鞭子了。

一直想寫首詩給薩馬爾罕，蒙古騎兵的馬蹄聲回響在巨石砌成的城牆與拱廊之間，至今還未曾消失。

但是，有誰知道？當時在勇猛的騎兵懷中，在血染的盔甲之下，有人貼身深藏著一封寫在樺樹皮上的薄薄的家書，等待寄出。年輕的士兵寫給他的母親，反覆訴說他的思鄉之情，七百多年後出土，在模糊的字跡裡，蒙古的語言讀來猶如一首夢中的詩。

二、詩路歷程

年少時在日記本裡的塗鴉，源自流離與寂寞的處境。沒想到，詩，從茲竟然安頓了我困窘的身心。

詩，是在叢林裡的衝撞，是終於完好的奔回洞穴之後靜靜流下的淚水。中年的我，謹小慎微循規蹈矩。沒想到，提起筆來，竟然如此執拗，從不肯對任何的干擾屈服，我行我素，一心想要尋回那些錯過的溪澗與幽谷，那些依稀的芳馥……

如今，甚至也不接受我自己的勸告。

明明知道去書寫原鄉非我力所能及，卻不肯罷休。時光已老，詩，在此時對我已非語言、意念和幾行文字。它是生命本初的渴望，如離弦之箭在狂風中，猶想射向穹蒼。

三、珍惜

在這幾年間，詩人寫了一篇又一篇的「詩想」，只因它隨生隨長，又不斷地變幻。我喜歡並且羨慕這種自由。

我們本來就很難用一兩句話來定論詩是什麼。詩，或許就隱藏在那「是什麼」和「不是什麼」之間。

並不只是收在詩集裡的東西才可以叫作詩。它其實是一種幾乎無所不在的存在，問題只在你從來不肯稍停，又不願意稍稍回身而已。

一首好詩就是「提醒」，提醒你開始省察，就在讀詩的此刻，你內裡與周邊種種原是浮游不定的生命狀態。

是的，「詩，是與生命的狹路相逢。」

這是我多年前說過的一句話。

詩教會我的事，是「珍惜」。

（二〇一六、九、六，《聯合報》副刊）

附錄

我的詩的「置入性行銷」經驗談

上個世紀七〇年代，也是我的高中時代，由於一個偶然的機緣，我開始寫詩。兩年之後的大學時代我便開始連年得獎並出書，但三年之後，儘管我得的是全球性華人世界的重要文學獎項，我發現仍然很少人知道我。我被歸類於所謂的「文學青年」，簡稱「文青」……，蒼白、多愁善感、脆弱、脫離現實而且「無用」，是當時文青一般予人的負面印象。

但由於一個偶然的機會，我認識了一群電影和音樂製作人，其中有一位還是當時很紅的名導演。他知道我是詩人後，便邀請我為他的下一部影片的主題曲撰寫歌詞。由此我多了一個身分：歌詞家。短短三年間我寫了近百首流行歌曲的歌詞，其中最廣為人知的一首是「臺北的天空」（1983）。由於這歌是當時晚間電視連續劇的主題曲，那時走在夜市裡幾乎每一家商店都在播放這首歌，讓我感受到成名的莫大虛榮，而這首歌也成為當時KTV裡點唱率最高的歌曲之一。四十年後的今天，離開臺灣的異鄉遊子仍然喜歡在卡拉OK裡唱這首歌，一解鄉愁。

中文裡經常將「詩」與「歌」結合成一個詞：「詩歌」，說明了古代詩與音樂是連結在一起的，猶如文人雅士和青樓歌妓之間的關係一樣緊密。也由寫歌詞的經驗，在那還沒有網路和MP3的時代，我已知道了詩和音樂結合的力量，遠遠超過文字本身。因此除了寫詩，我也多方嘗試詩與其他載體或創意結合的可能。而許多音樂家也曾主動找我合作，舉行多次「詩與音樂對話」的小型音樂會。一般而言，結合大提琴和鋼琴演奏，詩偏向抒情或愛情，朗誦起來效果最好，詩人與音樂家都同時得到更多的注目。而多年後我終於有機會將我的現代詩作為歌詞，請作曲家譜成曲，由我演唱錄成唱片發行專輯。目前共發行了兩張詩的音樂專輯：「凝視」（gaze，2006），以及「日出」（sunrise，2016），其中包括了多首可以演唱的「詩歌」，也有單純的詩的朗讀加上背景音樂。

到了網路時代，純文學出版以及詩集的銷量逐年萎縮，我曾有過將詩做成MV的念頭。結果有一天在公共電視臺工作的導演朋友竟然就向我提議製作「文學face & book」，我個人稱之為「詩的MV」，也就是將一首詩（或其中一段）拍成大約兩分鐘的短片，由詩人親自朗誦，在公共電視台播出，之後置於YouTube供大家觀賞。這個計畫有幾十位台灣詩人參與，至今所有的短片仍然可以在YouTube上看到。

雖然面對電子媒體興起的強大壓力，紙本的詩集銷量銳減，但我卻反其道而行，每當出版詩集時，總特別強調書本身的創意和設計，從紙質、印刷到版型、字體，皆絞盡腦汁，推陳出新，從而加強詩在「閱讀進行」時的「紙張印刷」感染力，提高讀者掏錢購買的意願，甚至使書成為一種書架上的收藏品。如：《我與我的同義辭》（*I and I's synonym*）便採用了古代佛經的裝禎方式，同時書的一面模仿佛經編排中文，另一面模仿聖經編排英文譯文，加上自己製作的插畫，結果這本書在當年的臺北國際書展獲得最佳書籍設計獎，並很快便銷售一空，許多人承認是因為書本身的美而愛不釋手才購買的，說明了在「無紙化」的時代，紙本詩集的另外一個生存之道。

由於除了詩，我還從事繪畫和攝影，每年都固定舉行一次展覽，於是有結合我的繪畫（最近一次的展覽是曼陀羅繪畫，mandala painting）、專輯音樂和詩朗誦的想法，以簡單的現成免費軟體製作成約兩至三分鐘的短片，放置於YouTube和個人的Facebook，我發現可以十分有效地增加詩的流傳速度和廣度，通常臉書上貼的詩一個月內最多只有幾十個人按讚，但製作成短片後一天內便可以有上百個讀者按讚。去年我更將詩作「失眠者」（the insomniac）製作成連環漫畫，十分好奇會有什麼樣的效果。

接下來，我將嘗試將詩，音樂與3D或虛擬實境做結合。感覺這將是一個永無窮盡的探索之旅！而樂趣就在每一次的實驗、構思和實踐之中。

華文寫作的困境與出路

——從愛荷華看台灣

陳克華演講／
洪啟軒（台灣大學台文所碩士生）記錄整理

編按：由上海商業儲蓄銀行文教基金會與紀州庵文學森林共同主辦的「我們的文學夢」系列講座，每月一場邀請來賓演講。二〇一七年二月三日邀請陳克華主講「華文寫作的困境與出路——從愛荷華看台灣」，藉由自身「被邊緣化」的經驗，及在愛荷華創意寫作工作坊的所見所聞，闡述華語寫作在被其他語言、藝術形式轉譯的過程中，如何重新構築華語寫作的價值與意義。

從兩件「大事」談起

去年（二〇一六年）十二月從愛荷華國際作家寫作計畫（International Writing Program, IWP）回來，精神至今似乎仍處在一種既疲累又亢奮的狀態。若沒有在此一吐為快的話，好像無法讓自己從「文學集中營」般的氛圍中解脫，所以今天大家是來「解救」我的。

不是每個優秀的作家都有機會到愛荷華，但去了之後是否真的有所收穫與長進，可能更是如人飲水、冷暖自知。去年八月底時出發，十二月初回台灣，這期間發生了兩件重要的全球性事件。第一件事：諾貝爾文學獎揭曉了。是美國人獲獎，當時我身邊卻沒有任何人露出歡欣鼓舞的神色，因為愛荷華大學是美國當今創意寫作（creative writing）最負盛名的學校，所有冀望在美國甚至世界文壇占有一席之地的年輕創作者，無不摩拳擦掌，渴望參與愛荷華workshop，接受切磋與指導，並且得到更多作品出版的機會——但最終竟是一名歌手Bob Dylan得獎，這讓愛荷華陷入了沉悶的氣氛。

第二件大事是川普的當選。愛荷華寫作班最後在紐約結束解散，正是美國總統大選前一日。第二天我在第六大道上走著，忽然就接到了朋友要我趕緊離開那裡的電話，他擔心川普大樓附近會有暴動，之後我只好躲在他的家裡看電視，並從中看見了全美各地反川普的活動。朋友因川普當選而哭了，另一位在波士頓的朋友則E-mail給我，直說"I can not breath."因為川普所代表的，似乎與普世價值，包含人權、自由、多元社會等理念背道而馳，而他竟然當選了。

這短短三個月時間，我在愛荷華經歷了這兩件「大事」。

Outsider自白

去愛荷華前，剛好也是我生命最低潮、狀況最不好的時候，也不曉得去愛荷華是好是壞。從懂事起，我一直覺得自己是一個outsider，比如我雖然寫詩，卻是醫學院背景出身。一九七九年前後，也就是我剛進入醫學院的年代，出了許多醫學院「怪胎」，有羅大佑、王浩威、莊裕安、侯文詠、張洪量，但轉眼三、四十年過去了，還留在白色巨塔裡「奮鬥」的沒有幾個。身在其中，我受了許多傷，因為白色巨塔對「醫生兼作家」並不友善。但不只在醫學院，在文壇，我也都自覺是outsider。詩壇上總流傳：「陳克華的詩都寫男生，他是不是gay啊？」逼我早早跳出來回應我就是。

文壇大老們又想：「陳克華的詩到底值不值得肯定？他怎麼老是寫同性情慾？」而從小得到的印象，愛荷華就是白先勇、余光中、楊牧、瘂弦……這些Super Star去的地方，怎麼會掉到我這樣一個outsider身上？

一九七七年我還就讀花蓮中學，生活在太平洋海邊。十六歲夏天某一天，忽然就再也忍受不了暑期輔導，一個人走到了田徑場，將草地當床，讓葉子與花打在我頭上，一瞬間突然心生一念：「我可能會寫詩。而且要寫一輩子。」如同附魔般。三十年後讀馬斯洛的人本心理學，我才知道這叫「高峰經驗」（peak experience）。

如是被「附身」一次，也改變了我一生，於是我一路寫到了現在，竟已是第四十年，也很早明白我擁有的外在都是「表象的絢爛」，包含模範生、東部考區狀元，醫生身分，但寫詩恰恰不能看表象。同業醫生根本不了解我在做什麼，我不能結婚，我喜歡男生，我「性別不正確」……等等，諸多的「政治不正確」——後來我發現，我寫詩也是如此。

而也直到前幾年母親失智、父親逝世，才驚覺自己跟家人的連結有多深。如果你也看了郭強生在中時副刊的專欄，就會更明白大多外省家庭裡，都有一大塊小孩看不見的祕密和空缺，而這一團謎會隨著父母親的老去和過世，被帶進墳墓，永遠不見天日。看著雙親老去，我常常覺得生命中永遠失去的那一塊非常地「燙」——從前總覺得還可以轉頭不去看見，不想要知道父親在大陸究竟發生過的事，祖父是怎樣一個人，母親對自己不婚的感受——可是隨著時間，這些東西變得非常黏而燙手，要丟掉也不是，但要重新打開來看，卻可能也看不到什麼了——在這樣失落的狀態下，我離開了台灣，去了愛荷華。

我從沒去過美國中西部。當決定去愛荷華，有人開玩笑問我，你要去那裡幹麼，那裡只有玉米田啊。有人警告我，那是一個沒有任何亞洲食物的地方，要能耐得住漢堡三明治。而我自己也不曉得去愛荷華要做什麼——寫作？寫作我從來就是個outsider，沒上過任何的「文藝班」或創作課，每次我去文藝營授課，總是對學生說：「你們趕快離開教室！寫作最好的教室就在教室外面。趕快去領受你們的人生，不要在這裡學所謂的文學技巧。」我常說詩如果是葡萄酒，老師就只能教你怎麼把葡萄榨成葡萄汁，文藝營則是讓葡萄汁又變成「濃縮葡萄汁」而已——永遠不會變成葡萄酒。

在愛荷華「創意寫作工作坊」初體驗

今天談這個題目，必須跟大家說聲抱歉，其實沒有什麼「華文寫作的困境與出路」，只有「我的寫作困境與出路」——我只能分享自己所感受到的。

近幾年來，台灣詩人好像只有陳黎（二〇一四年）去過愛荷華，長久以來仍是以小說家為主。二〇一六年總共有來自31個國家的35位作家參與愛荷華大學「國際作家寫作計畫」。各個作家的「來歷」不一，有的是政府相關部門挑選（如臺灣），有的是得到基金會贊助，有的則來自當地美國大使館的推薦。所有IWP的老師、工作人員集中在校園裡一棟兩層樓古色古香的白色木造建築Shambaugh House，一樓是演講廳，每周五下午會有一場Reading。此外還有翻譯工作坊（Translation Workshop）也在這裡上課。有趣的是愛荷華的創意寫作雖然有名，但它的東方語言領域並不強，所以去年這個翻譯工作坊竟然沒有人懂中文，唯一的例外是日文，像日本女作家柴崎友香就很忙，隨時有學生找她合作，她的作品因此被翻譯得非常多且快，幾乎是同步。然而以華文寫作的作家如我，則呆坐在翻譯工作坊中，不知如何與其他人交流。這點是值得政府在推展華語文學站上世界舞臺時應該留意的。

但我畢竟還是對話上了。這裡可以分享一個經驗：我用了一個看似非常可笑的方法和一位不諳中文的美國學生Derick合作，翻譯了我一首科幻組詩——我先把我的詩貼到google translation上，可以眨眼之間好像打翻了鉛字架一樣，得到一篇非常奇怪的英文，我再祭出我的「菜英文」，逐字逐句檢視改寫，重新組合成一首詩，首重文法語意正確。有初稿之後再向Derick一字一句解釋，從字義到詩意，再由Derick重新「翻譯」成英文讀者可以接受的英詩的雛型。經幾番一來一往，最後才定稿。我發現最後的成品幾近「大幅改寫」。原來中英文中的「詩意」，竟是有天淵之別。

八月到了愛荷華幾乎沒有任何適應的時間，得要馬上進入狀況。作家們群體住在一棟複合式建築的會館。每個作家來到愛荷華，「必定」要做三件事：第一是參與「今日世界文學」（International Literature Today）這堂課，兩位老師Christopher Merrill與Natasha Tiniacos也正是ＩＷＰ主要的負責人，每個星期一下午會有三個不同國家的作家在課堂上，介紹他們的國家、文化與自身的寫作；另一個活動在Shambaugh House，每周五下午的Reading；最後一個活動則是每星期五中午在市立圖書館的公開小型文學討論會（Panel discussion），議題內容廣泛，包含性別、媒體、政治對該國作家寫作的影響等。

目前為止參與過ＩＷＰ的作家，有兩位是諾貝爾文學獎得主。一位是《我的名字叫紅》的作者奧罕・帕慕克，據說他當年完全不理會ＩＷＰ的規則，每天關在旅館房間閉門寫作；另一位則非常忙碌，忙到最後只待了ＩＷＰ兩個禮拜，那就是中國小說家莫言。這些故事都是我從聶華苓女士口中得知的。

每個人的房間都差不多，在這樣一個幾乎三餐只能吃三明治過活的地方，作家們只好各出奇招，設法以房間裡僅有的炊具——微波爐做出自己家鄉特色的料理。不過第一天有位作家竟不知道雞蛋不能微波，衝出房間大喊他的微波爐爆炸了。基本上這是一個堪稱密閉隔絕的環境，作家們從早到晚都生活在一起，三個月不算短的時間可以想見有人談起了戀愛。因此很多作家事後對愛荷華最深的印象並不是文學，而是交到了很多朋友，或者情人。愛荷華校園算小而美，草地上可以看見很多松鼠、野兔和野鹿。抵達的時候是秋天，一批批雁子不斷飛來又離去，直到我離開愛荷華，往南避寒的雁子都還沒走完。

我的房間剛好在建築物的正中間，面對著一條密西西比河的支流，風景優美。愛荷華市聚集著許多文學藝術家，作為大學城，文藝風氣鼎盛，作家詩人們的reading可以在老人中心大廳、圖書館、書店二樓甚至是酒吧地下室舉行，一個禮拜平均有三、四場以上。這卻也是一個極度衝突的地方——愛荷華市是禁菸與禁酒的。要在清教氛圍裡誕生偉大的藝術？在我想像中非常困難，走在愛荷華市的人行道上，手拿啤酒是犯法的，更遑論在校園抽菸。但去年近一半的IWP作家又是愛喝酒又是癮君子，所以他們一來到愛荷華，當務之急便是尋找可以抽菸喝酒又不會被逮到的地方——那正好就在我的窗戶外面。白天的愛荷華，人人匆忙來去，學生們走路速度極快，又非常安靜，沒有人說話；但到了晚上，酒吧裡滿滿的都是人，笑語喧嘩。

而從我的窗戶可以望見那條曾氾濫過整個校園的河，作家們會在不同時段出現在河邊，抽菸，沉思，尋找靈感等。最常看見賽普勒斯大學前文學院院長Stephanos Stephanides，看似一位老嬉皮，總是捲著菸絲不斷地抽；伊拉克作家也是位政治諷刺漫畫家，蓄著大鬍子，常坐在河邊沉思，一邊玩手機。

但這三個月活動並不只是在愛荷華，幾乎遍及美國各大城市（有時多到「錯覺」他們是否拿我們作家做公關），因為我們還得跟不同城市的大學或高中或私人文學機構合作去做活動，期間我總共飛了紐約、芝加哥、華盛頓、匹茲堡和紐奧良，做了多場詩歌朗誦。過程當中有很多感受，但我還是要首先感謝聶華苓老師，她今年已經九十三歲了，誠如她的書名《三輩子》，聶老師真的是培育了臺灣整整三代的作家，從余光中到陳克華（也許更年輕一輩也接觸了），像是整整活了「三輩子」。香港導演陳安琪拍了關於聶老師的紀錄片：《三生三世聶華苓》，值得一看。聶老師總是在家裡招待IWP華文作家，她與Paul Engle位於校園半山上的住處仍嗅得到濃濃的文化氣息，還有Paul蒐集的面具。自一九六七年兩人建立起IWP以後，客廳總是冠蓋雲集，盡是全世界被他們挑選來的優秀作家。我這三個月不知道在她家吃了多少次飯。受邀到聶老師家的華文作家除了我，還有來自上海的周嘉寧、新加坡的謝皓光、香港的伍淑賢。皓光寫詩，嘉寧跟伍淑賢寫小說。直到現在，聶老師的身影仍會在大學裡許多重要的場合出現，很難想像她已經九十三歲了，依然神采奕奕。

詩與翻譯

住我對面、來自緬甸的詩人Ko Ko Thett，英文非常流利，也有英文詩集在美國出版，所以他的Poetry Reading在校園裡頭極為轟動，擠滿了人。這讓我反省，一位英文流暢的詩人，與一位英文不怎麼樣的非英語寫作的詩人，詩藝先不論，所受待遇真的有很大的差別。Ko Ko Thett給了我很大的啟發和衝擊，他本人完全是文人作風，每晚混在酒吧喝得爛醉，可是詩寫得又那麼好；他身上有兩件事讓我感受深刻：第一是他能無礙地使用英文創作；第二件事，則是他同時也有個優秀的Editor幫助書的出版。在這次交流過程中，我察覺到國外跟台灣文壇有不一樣的生態，他們的出版編輯的角色非常大，這一點我稍後會再提。

去愛荷華前我原打算準備一些英譯詩帶去，因為我的詩的翻譯量實在太少了，在此特別感謝我的救星——暨南大學外國語文學系的系主任林為正教授，擔任救火隊。有時候收到回信的時間往往已是台灣的凌晨兩、三點。

記得我有首紀念好友Allen Yeh的詩，他在一九九六年因愛滋病過世，這首詩叫〈撕標籤〉。我將翻譯拿給美國的前男友看，他是前波士頓大學的英美文學系主任，他說他不能明白「生病是道場，旁觀別人生病是修行」這兩句，即使在中文看來十分合理，但在英語，「道場」因日文漢字的拼音而翻成「dojo」，但「dojo」大多指的是武術場所，因此在語言脈絡不同的情況下，與「修行」的翻譯「cultivation」放在一起，便略顯突兀。諸如此類的例子可說多到不勝枚舉。

還有一件事讓我感到突兀，那就是全程英語朗誦。曾參加過許多國際性的Poetry Reading，包含香港、東京和柏林，類似的場合上，詩人慣常都以他的母語念詩，再由譯者以本國語言朗誦；可是在美國居然都用英文來讀（才發現這是一個「英文中心主義」的國家），相信對一個非英語母語的作家而言，朗讀的效果一定大打折扣。

而和IWP作家相處，也發現英文作為一個國際性的語言，「南腔北調」的程度超乎想像。一開始每天早上三十來位作家聚在同一個房間吃早餐，我很慚愧只有亞洲區的英文是我聽得懂的（印度除外）。所以即使英文作為共通的語言，但我始終沒辦法真正跨進去，只能隨時間慢慢改善。有趣的是回到臺灣後，家裡印傭的英文竟然就全都聽懂了。

此外愛荷華大學的音樂系、舞蹈系、戲劇系也要求IWP的作家給出作品，作為他們公演的材料。35位作家提供自己的作品讓他們去選，我的作品幸運地被三個系所同時選中。將作品投出去的過程中，我十分掙扎，因為不知道經過翻譯後，原意會被扭曲多少、失去多少——因為之前我是一個對英文沒有「感受」的人，而相對中文就像張愛玲說的，其實並不需要天才，每個中文字都可以有自己的音樂、色彩、氣味、故事與個性，但英文就是拼音文字，對我來說只是一連串的音節。要怎麼樣才能對另一個語言「有感覺」？IWP結束後，我在Boston見了哈金。哈金是位特別的作家，他的母語是中文但是不用中文寫作。世界文壇以非母語寫作最有名的兩位作家，一位是納博可夫，另一位是康拉德，哈金一直提到這兩位作家的名字，他說：「他們可以做到的話，我們也可以做到。一個以華文為母語的作家，並不一定要用華文寫作。如果希望你的讀者更廣，或者你所要表達的內容更直接被西方世界感受，為什麼不用英文寫作？」這是他的想法。

我最好奇的是在我投出去的作品中哪一首會被挑中。這有點像是投石問路，探測我的詩在西方世界的接受度。結果他們第一次選了〈初吻〉這首詩。這首詩說的是一個男人吻另一個第一次與男人接吻的異性戀男人，十分戲劇性的內容。朗誦的時候由兩位劇場男演員來演出。我才明白，原來他們喜歡有「生活情節」的作品，中文現代詩相對而言比較多「情境」而少情節——當然這也可能是我的誤解。

後來我在Translation Workshop遇到Derick。他希望跟我合作翻譯一首詩，我立刻請教他的中文程度，他說他的母語是英文，第二語言是土耳其文，我驚訝：「你不懂中文，怎麼翻譯我的詩呢？」他說：「沒有關係，我們從google translation來進行。」我當場大笑，但也答應了。我先試了幾首自己翻譯的作品，經逐句解釋後他再回給我他的不同版本的翻譯。我們首次合作翻譯的這首詩叫〈暗戀〉（Crush），詩中意指暗戀有點像是電梯從60層樓掉下來，那種驚心動魄。第一個版本幾乎是直譯，但到了第二個版本，則更有音樂性，句法跟語義更接近英文，但已經跟我原詩的句法十分不同了。

兩種語言的碰撞思考

底下來談一首詩的奇遇。在我的作品中，我從不覺得它特別好，這首詩叫作〈錯誤〉（Mistake）。〈錯誤〉的語法稍微西化，不過它的意象簡單且現代，講述的是每個人一生看似不會犯，卻都必犯的各種小小錯誤，有點幽默也有點都會情調，翻成英文也容易理解。這首詩在舞蹈系被編成了像Pina Bausch的舞蹈——Bausch的舞帶有劇場感，所以學生們玩得很開心，也成為公演最受歡迎的舞碼。到了紐約大學，一位同樣不懂中文的美國學生也請求為我翻譯，他根據林為正教授翻譯的〈錯誤〉又翻了一次，也是幾近改寫，最大的不同之一是他使用了"commuter train"取代subway，可能是因為美國城市有地鐵的不多。後來到了Alphabet City，又有一位媽媽聽完我的朗讀跑來告訴我，她最喜歡這首'Mistake'。最後在紐約的Poetry House又念了這首詩，再度得到掌聲。種種讚美讓我總覺得有些奇怪，東、西方對於詩的感受，竟然存在這麼大的差別？在這樣作品不斷地被「再翻譯」的過程中，我內心的疑問也越滾越大。琢磨的初步心得是：中文現代詩很普遍地陷在所謂的傳統感性迴圈裡，明月清風，小橋流水，用當代白話文訴說著千百年前古人的情感，這樣的詩在譯為英文很容易變調為索然無味的散文，或怪異不知所云的天書。以貼近現代人生活的意象和感性來經營中文現代詩，可能才是一首詩能成功英譯的王道！

前面提到的賽普勒斯教授Stephanos，輪到他做poetry reading時，他希望我跟他合作。他把要讀的詩給我，其中有首叫'Dwelling'，他希望我能夠翻譯成中文，並且幫他朗讀出來。Stephanos學富五車，是學者型的詩人，英詩中夾雜了大量拉丁文、希臘文，開頭引用了哲學家Boëthius的句子，但我覺得這非常佛家，它說：「會流走的，都是屬於時間的；能夠在當下存留下來的，就是永恆。」Stephanos將這句話當作副標，這首詩全是整齊的四句一段，也因此翻譯成現代中文版本後，總讓我有股衝動想把它翻成絕句。我告訴他，這首詩讓我想起王維，Stephanos非常驚訝，因為他教授的中國文學課裡也包含王維。在書店讀完這首詩後，愛荷華文學系教授向我們兩人走來，開口也說了那兩個咒語般的字：「王維！」。詩多麼奇妙啊！王維的意象同時貫穿了我們三個人，這也讓我反省，不同語言的溝通中，應該可以有一個「溝通格式」——若它具有普世美學或感性的架構，那麼許多人是可以同時藉由這個格式進入這首詩的，我驚覺原來這「王維格式」也是一種跨語言溝通的方式。

Stephanos的例子讓我重新體會到，我們應該如何從兩種語言進行碰撞思考。我跟Derick的翻譯持續進行，好不容易交了期中作業上去，指導老師Natasha讀完以後不客氣地說：「你的詩裡面有那麼多的『我愛你』，但在英文詩裡我們不說"I love you"。」我一時語塞。由於我選的是非常難翻譯的科幻詩〈寫給複製人的十二首情歌〉，詩中不斷重複著「我愛你」，內容講的是我們看似不斷教導著複製人「愛」，但事實上是要質疑，我們口中的愛，究竟有多少是天賦本能，又有多少是後天養成。可是一經翻譯，這中間要表達的意旨幾乎蕩然無存。中文的「我愛你」應該百分之百源自外來語，五四之前的古籍裡絕對找不到這三個字。在文學裡對於愛，大概實在有太多無能為力的部分。

Natasha又說西方的詩中也有出現大量科學名詞而仍然是「詩」的例子，但〈寫給複製人的十二首情歌〉譯後讀起來卻不像「英詩」。Derick之後很認真地嘗試了許多不同方法，最後他打破了語言與形式，將每首詩改造得半圖像式的奇形怪狀，完整地新譯了一次——令人不解地，這樣的「改頭換面」之後，人人稱讚。

在IWP的35位作家中，我的年紀（55歲）算大，其他國家的作家都大約三十出頭，也是他們寫作風格塑造奠定的黃金時代，令我想急起直追。他們大都以英文寫作，對於華人作家的作品，最熟知的竟是譚恩美（Amy Tan）以英文寫出的《喜福會》，而不是我們所想的若干大師，教我不禁思索如何跨越這文化藩籬——在IWP最後的日子，我用英文寫了一首詩叫'Wild-goose'，寫的是在愛荷華窗外的雁子，以雁的抵達與飛行來作主軸，當我在紐奧良朗誦這首詩時，也有作家來向我表達他的喜愛，也許換了語言可以使腦袋重新格式化，富有新意。想來以英文創作也不是那麼難。

把握「煙士披里純」（inspiration），面向世界

對於Bob Dylan得獎一事，愛荷華的老師們有些非常氣憤，在Poetry Reading時甚至謠傳Bob Dylan拒領的假新聞，這同時顯示，仍有一部分人不能接受一位音樂人獲「文學」獎。川普也在美國人的驚訝與痛哭聲中當選，且已在不久前宣誓就職。這讓我體會到世界正在劇烈轉變，這轉變同時也包含了文學創作的感性跟角度，來自這31國的35位作家各色各樣，但

都能感受到他們有同一個特質：**企圖心**——他們都不是只把作品定位在自己國家的作家。這也是我想跟大家分享的：台灣的作家不應該再把自己限縮在台灣或者華文了。當然還是以台灣出發，因為創作上往往越個人、越民族、越內在的，其實是越普世的——必須警覺的是，內容是否流於「感傷主義」？以我的觀點而言，感傷主義其實是寫作最大的敵人，而寫作真正需要的是靈感——「煙士披里純」（inspiration）——是民國初年時期「inspiration」的翻譯。

另外，我所寫的〈寫給複製人的十二首情歌〉靈感源自電影《銀翼殺手》（Blade Runner），這部電影改編自備受爭議的科幻小說家Philip K. Dick的作品《複製人睡前數的是複製羊嗎？》，主角作為複製人，將人性活到極致，如同一位聖人，我被這部電影打動——但當我在課堂上說出Philip. Dick的名字，底下一陣默然。我才明白對「純文學界」而言，不僅Bob Dylan的作品不算是文學，就連科幻小說也不能進入正統。我不信邪，後來發現圖書館也有一本獻給Philip K. Dick的詩集：《一個複製人的精神生活》——一個複製人怎麼會有「精神生活」呢？這本小說意圖挑戰的就是這件事。就如同我們不能想像棋王怎麼會輸給電腦呢？但現實是所有的棋王都輸掉了。這讓我不禁反省，台灣的作家在選擇題材與內容時，是有必要重新思考的。

從前寫作總以為依靠的是本能，但其實必須將自己的寫作「策略」擴大，因為在文化與文學的世界，「英語中心」已不可否認。從小學習英文到現在，多數人使用英文卻似乎還無法掌握英文的「靈魂」。我相信那仰賴某種訣竅，某個竅門打開，裂出一個縫，就像我寫'Wild-goose'一樣，就容易進入另一個語言與文學的世界。

另一個我想談的是詩的「感性迴圈」，這是臺灣或華文詩人最需要警覺的地方。台灣學校裡的文學教育也許做得太好了，所以年輕詩人開始寫作時，立刻就援引了瘂弦、洛夫、商禽、鄭愁予……，血源血脈看得一清二楚。雖然所有人的創作都是從模仿開始，再一步步凝鑄屬於自己的風格，但在模仿的過程中，許多人將這些既有的文字感性給內化，這一來會有很大的問題。以前臺灣有過許多標榜新古典主義的作品，其實都跟宋人的「碧雲天黃葉地」相去不遠。我最喜歡舉的例子是月亮，中國人是最喜歡吟誦月亮的民族，可是也沒有任何一個民族詩中的月亮會像中國一樣單調，全是思鄉懷人，成為永遠打不破的感性迴圈。西方人的詩相對比較從生活出發，而不是重複既成的意象，英文中的月亮就充滿了多樣可能，它可能是陰性的、不理性的與情慾的象徵，就像我的詩中曾寫過的：「月亮是宇宙間最大的一顆迷幻藥。」如果寫詩的人的感性只是一個迴圈，不斷內化著以前詩人做過的事，這就是一個危機。

寫詩也是一種「手工藝」

兩年前日本詩人谷川俊太郎來過台灣。但他給我的感覺並不是「傳統詩人」，而是「詩的藝人」。谷川長得矮小，兩隻眼睛發亮。他有個值得佩服的紀錄：全世界唯一因為寫詩而過得富足的人。谷川也寫歌詞，寫詩與寫歌詞畢竟是類似卻截然不同的兩回事，他卻游刃有餘；歌詞不能過於個人化，用詞也必須最好是大家耳熟能詳的詞彙，因此他是能雅能俗的。他的詩能使你感受到日文之美，所關注的題材也極為普世：時間、記憶、童年。

但最重要的，還是他的態度。他將寫作視為一項「工藝」，就像木匠將桌子做得牢固又有美感，能賣出它的「價值」，並且必須盡他的「本分」：他必須熟練且有變化地將木材使用純熟，並提升到藝術的層次。因此寫作不單只是一件率性的事。谷川將詩反覆琢磨，不斷進行改良與研究，如同一名老師傅般，必須找到深入詩創作的方法。所以當我們不斷強調「詩是一個個人獨特靈魂的展現」時，請大家不要忘記，它同時也是一門傳承許久的人類古老文字工藝。當你只一心想表現獨有的詩意時，也請別忘了，你所從事的是人類共通承襲數千年了的手工藝。

而我在IWP繞了一圈回來更明白，我個人的中文寫作必須再往前跨。在IWP的35位作家身上，你能看見他們多麼認真地面向這世界，關注著個人，家國，同時也是世界性的議題，積極且企圖心旺盛。當然他們的競爭優勢某部分源自於出版社掌握大權的優秀編輯，譬如南韓小說家列舉她一本小說的出版，寫作所耗費的時間遠遠比不上與編輯往返協商修訂的時間，若她寫一本小說花費兩年，那麼編輯退稿、增刪與修改的時間可能必須花費三到五年。但台灣從不是這樣。這讓我重新省思，創作者與編輯和讀者之間的關係，或許是相生相剋的，當今我們的讀者和編輯快速地遺忘了「嚴肅的閱讀」是什麼的時候，也間接使「嚴肅的作家」消失，嚴肅的文學出版萎縮了……，而在愛荷華，我看見國外的純文學出版、文學閱讀市場卻仍是正向的循環中，不禁也思考台灣的純文學是否正陷入了某種危機之中……

二〇一七、二、十八

陳克華創作年表

詩集

《騎鯨少年》，蘭亭書店，一九八三年六月；新版，一九八六年七月。小知堂，二〇〇三年十二月。

*《日出金色》（四度空間五人集），文鏡文化事業，一九八六年十二月。

《星球紀事》，時報文化出版公司，一九八七年九月。遠流出版社，長詩合集。元尊文化，一九九七年六月。

《我撿到一顆頭顱》，漢光文化公司，一九八八年九月。麥田出版，二〇〇二年六月。

《我在生命轉彎的地方》，圓神出版社，一九九三年十月。小知堂，二〇〇四年一月。

《與孤獨的無盡遊戲》，皇冠出版社，一九九三年八月。

《欠砍頭詩》，九歌出版社，一九九五年一月。

《美麗深邃的亞細亞》，書林出版公司，一九九七年四月。

《別愛陌生人》，遠流出版社。元尊文化公司，一九九七年六月。

《新詩心經》，歡喜文化出版社，一九九七年八月。

《看不見自己的時候》，探索文化公司，一九九七年十二月，歌詞和插畫集。

《因為死亡而經營的繁複詩篇》，探索文化公司，一九九八年八月。

《花與淚與河流》，書林出版公司，二〇〇一年七月；新版，二〇一五年六月。

*《桂冠與蛇杖——北醫詩人選》，九歌出版社，二〇〇五年四月。

《善男子》，九歌出版社，二〇〇六年八月。

《我和我的同義辭》，角立出版，二〇〇九年二月（中英對照）。

《心花朵朵：陳克華的心經曼陀羅》，台灣明名文化，二〇一〇年一月，詩+插畫+攝影。

*《看見看不見的空間 = Beyond seeing》／鄭慧正圖文；陳克華詩，二魚文化，二〇一〇年六月。

《寂寞．Autopsy》，香港中文大學，二〇一一年十一月（中英對照）。

《阿大，阿大，阿大美國：陳克華二〇〇〇—二〇〇八詩集》角立，二〇一二年五月。

《BODY身體詩》，基本書坊，二〇一二年五月。

《當我們的愛還沒有名字》，釀出版，二〇一三年一月，詩+攝影。

《漬》，釀出版，二〇一三年七月，長詩+攝影。

《一：陳克華詩集》，釀出版，二〇一五年四月。

《乳頭上的天使：陳克華情色詩選，一九七九—二〇一三》，釀出版，二〇一六年六月。
《此刻沒有嬰兒誕生（德漢對照）》，書林出版，二〇一七年八月。

散文集

《愛人》，漢光文化公司，一九八六年七月。
《給從前的愛》，圓神出版社，一九八九年三月；新版，小知堂，二〇〇四年五月。
《無醫村手記》，圓神出版社，一九九三年四月。
《惡聲》，皇冠出版社，一九九四年一二月。
《在城市中迷失的地圖》，元尊文化公司，一九九八年八月。
《顛覆之煙》，九歌出版社，一九九八年八月。
《我和我的花痴妹妹》，春天出版，二〇〇三年二月。
《哈佛·雷特》，九歌出版社，二〇〇三年三月。
《夢中稿》，小知堂文化公司，二〇〇四年二月。
《寂寞的邊境：陳克華的視界地圖》，小知堂文化公司，二〇〇六年一月，（散文、攝影）。
《我旅途中的男人》，原點出版，二〇〇七年（散文、攝影集）

《老靈魂筆記》，聯合文學，二〇一二年三月。

《我的雲端情人》，二魚文化，二〇一三年四月。

《該丟棄哪隻》，九歌出版社，二〇一四年三月。

《樓下住個GAY》，二魚文化，二〇一六年六月。

小說

《陳克華極短篇》，爾雅出版社，一九八九年一月。

《陳克華極短篇》，爾雅出版社，一九九〇年。

《愛上一朵薔薇男人》，遠流出版公司，一九九七年八月。
新版，元尊文化，一九九八年八月。

*《絕情書》（合集），遠流，一九九七年一月。

劇本

《毛髮》，行政院文建會，一九八一年 劇本，

翻譯

《14天克服你的焦慮》，光潽文創，二〇一六年七月。

得獎資歷

二〇〇八年　獲選台灣年度詩人。

二〇一一年　北京世紀壇中秋詩會台灣詩人代表。

二〇一二年　法蘭克福國際書展中國主題館台灣代表。

二〇一二年　香港國際詩歌節台灣詩人代表。

二〇一三年　福建兩岸青年詩人大會台灣代表之一。

二〇一三年　法蘭克福國際書展台灣代表作家，台德交換作家計畫台灣作家代表。

二〇一四年　深圳「第一朗讀者」頒與「年度最佳詩人」（與狄吉馬加同獲）。

二〇一六年　愛荷華大學國際作家寫作計畫台灣代表。

與騎鯨少年相遇
陳克華的「詩想」

作者	陳克華
發行人	王春申
總編輯	李進文
編輯指導	林明昌
主編	邱靖絨
校對	楊蕙苓
整體設計	蔡南昇
印務	李哲文
出版發行	臺灣商務印書館股份有限公司
	23141 新北市新店區民權路 108-3 號 5 樓
電話	(02)8667-3712 傳真：(02)8667-3709
讀者服務專線	0800056196 郵撥：0000165-1
E-mail	ecptw@cptw.com.tw
網路書店網址	www.cptw.com.tw
網路書店臉書	facebook.com.tw/ecptwdoing
臉書	facebook.com.tw/ecptw

局版北市業字第 993 號
初版一刷：2018 年 3 月
定價：新台幣 350 元

ISBN 978-957-05-3128-2

與騎鯨少年相遇：陳克華的「詩想」/ 陳克華著.
-- 初版. -- 新北市：臺灣商務, 2018.03
面；　公分
ISBN 978-957-05-3128-2(平裝)
1. 陳克華 2. 新詩 3. 詩評

851.486　　106024613